Q版特工14
反恐狙擊
912
梁科慶

Q版特工14　反恐狙擊912
作者／梁科慶
總編輯／馬鎮梅
責任編輯／楊碧瑤
協力編輯／王心靈
美術設計／黃漢威
出版發行／突破出版社
香港沙田亞公角山路33號突破青年村
電話：2632 0000　傳真：2632 0388
電郵：breakthrough@breakthrough.org.hk
網址：http://www.breakthrough.org.hk
http://www.btproduct.com
承印／陽光印刷製本廠
2005年12月初版1刷
2011年6月初版4刷

Ah Wing, the Secret Agent 14: 912 Counter-terrorist Mission
by Leung For-hing
First Printing, First Edition, December 2005
Fourth Printing, First Edition, June 2011

ISBN 978-962-8913-07-7

本書經文取自《新標點和合本》，版權為香港聖經公會所有，承蒙允准採用，特此鳴謝。

飛翔專號

目錄

自序：Q版特工的生命力

「阿 Wing 變了。」讀者在電郵裏這樣投訴。我猜，他希望阿 Wing 像童話故事裏的 Peter Pan，永不成長。

對於這個期望，對不起，我辦不到。「Q版特工」其中一個令我着迷之處，是小說的內在生命力。無論情節的推演及人物的發展，到今天已非我所能駕馭。

回望過去，阿 Wing 從《極度任務》迄今，經歷了多少人生起跌？尤其真生的死，阿 Wing 面對這等生離死別，還能依然故我嗎？再看看阿 Wing 的讀者，那些看《極度任務》第一版的初中學生，要是順利的話，今天都已大學畢業了。讀者會成長，小說人物也會成長，這就是生命。

我曾一度順應民情，嘗試為阿Wing安排一個新女朋友，結果他倆卻像兩塊正負極相對的磁鐵放在一起，小說「轟」的把她彈走了。其實，我可以勉強把她留在故事中，以滿足部分讀者對於「男女兩情相悅」的期望，但我不會這樣做(起碼目前不會)，因為現在不是時機。至於阿Wing將來會有女朋友嗎？(這是一個大家都很關心的問題)但我得再說一聲「對不起」，我真的不知道。因為我跟大家一樣，只是一個伴着阿Wing同行人生路的朋友。

「Q版特工」的發展，不由我預見；「Q版特工」所結的果子，也是我始料未及。

我不止一次指出，「Q版特工」的信仰元素，是我投射在小說裏的人生觀和價值觀。我沒有藉它傳揚福音的宏願，事實上，卻愈來愈多年輕人因讀了「Q版特工」，而對基督教改觀，甚至願意到教會坐坐，到團契玩玩。當然，這全是神的工作，我不敢自誇，神要使用的，即使是巴蘭的咒詛，也可以變作祝福。感謝神，「Q版特工」有幸成為祂使用的器皿。

此外，「Q版特工」尚有一個意外的果子。有一天，有一位初中生給我電郵，說他從前經常偷竊，曾被逮捕帶上警局。他自從讀過「Q版特工」後，便決心改過，不再偷竊。起初我很是詫異，記憶裏我的小說情節並沒有這種「教導」，於是我約那位同學到我工作的地方見面，我們談了一會後，我相信他說的話。臨別前，他說沒有零用錢買書，又想看我的書。我聽後即拉開書櫥門，指着我的小說道：「隨便取。」他也老實不客氣，取了一大疊，快快樂樂地走了。後來，朋友挖苦我，說那初中生可能是個出色的騙子，我當然不同意他的看法。

最後，「Q版特工」的讀者層之廣，也令我驚訝。今年書展，有一個小三學生拿着「Q版特工」找我簽名。我看着他，想問又不好意思問：「你讀得懂嗎？」

十月初，我和三位作家朋友到嶺南大學演講。有一位中學女生在發問時段問我：「會不會把『Q版特工』寫深得一些，讓它成為傳世之作？」當時，我心裏想，寫給中學生的課外讀物，而又有小學生的讀者羣，總不能寫得太深奧吧。那位女同學如此提問，大概因為她的閱讀能力較高，以及對小說有期望。看見有水平的讀者，我固然高興，但不禁暗問，一般的中學生有如此水平嗎？不幸言中，講座完結後不久，有兩位中學男生拿着《再見真生》來找我，其中一位翻開小說，指出一處不通的情節。我看了看，告訴他，並非我不通，而是他不懂，他看不懂上文下理。

正當我感到有少許遺憾之際，另一位男生自我介紹，說他是「特工拜仁」的作者。特工拜仁是模仿Q版特工之作，在互聯網上張貼，我上網看過，寫得不錯。作者還寫了一篇參加《明報》舉辦的徵文比賽，得了獎項。原來作者是個少年人，看見他，我猶如跟「同門師弟」握手問安。我希望他能早日擺脫Q版特工的影子，在創作上青出於藍。

「Q版特工」孰深孰淺並不重要，畢竟深有深讀，淺有淺讀，只要大家喜歡這部小說，能在故事裏找到閱讀樂趣，我便心滿意足了。

談到閱讀樂趣，上星期收到一封長長的電郵，發件人是「Q版特工的前書迷」，他看不過眼《魔法陷阱》「寸」哈利波特，憤而不再看我的書。在信中，他雖然大罵我和胡燕青老師（胡老師替《魔法陷阱》寫序），但平心而論，他的文筆不壞，論點分明，並非胡亂謾罵，算是個有心人。於是，我這樣回覆他：

我完全理解你的立場，從你的立場出發，你的話是對的。人必須有立場，你有你的，我有我的，每個人總要忠於自己的立場，以及對自己所信的負責。不過，你得明白，立場不同並不等於敵我分明。我向來抱持一個宗旨：小說不應懷着目的而寫。我一直謹守這個宗旨，《魔法陷阱》卻是一個例外。非基督教的事物在這世界多的是，而我只針對哈利波特，因為我感到哈利波特帶出的問題非常嚴重和迫切。你不會明白和認同，因為你沒從我的立場去想，你不能體會我的感受，正如你誤會我信天主教一樣（基督教和天主教是不同的）。你不體會作者的感受，閱讀便難有樂趣，由這個觀點出發，我也贊成你不讀「Q版特工」的選擇。但書不可不讀，我介紹你看「末世小說」系列，第十本剛剛出版，我也正追看，保證能為你帶來閱讀的樂趣。

我和家人都在追看「末世小說」系列，感覺就像跟小說裏的史雷、波哥、史雪一家人攜手對抗敵基督。這套書，基督徒應該看，因它對《聖經．啟示錄》作一次徹底的形象化詮釋，看後很受激勵；非基督徒更應該看，因為黑夜已深，白晝將近了。在此，我誠意向大家推薦。

梁科慶

2005年10月17日

寫於中國「神州六號」圓滿完成航天任務當天

1 魔衣橱

水乡荒宅，魔衣橱腐屍，

牽動殺機……

1

鈴……

「喂……」

「阿 Wing ，你還在睡覺嗎？」電話另一端傳來我上司 M 的聲音，他明知故問。

這討厭的傢伙老是擾人清夢！

「嗯。」我迷迷糊糊地哼了一聲，不期然瞇起眼睛，瞟一眼牀邊的夜光跳字鬧鐘。鬧鐘沒夜光，我伸長脖子湊過去，也看不見跳字。想是離家太久，鬧鐘的電池早已耗盡。

「天快亮了。」

「嗯。」我乏力地回應。

四周黑漆漆的，我的腦袋渾渾噩噩，連編織夢境的力氣也沒有，彷彿只躺下十五分鐘便醒來了。幾經掙扎，我才挪動一根手指頭，掀起一角窗簾。窗外的海面灰濛濛一片，天邊泛起魚肚白。

「你有任務了。」

「任務？」我微微轉左側臥，把話筒從左手交到右手，埋怨道：「我昨晚才由日本回來哩！」要是由我來編寫字典，我一定為「上司」這名詞多添一個近義詞——「虐待狂」。要下屬提早開工、延遲放工、時刻拚搏，似乎是那種叫「上司」的人的通病。

「我知道你昨晚抵港，現在很累，但你也該想一想，你多久沒執行任務了？就連最懶散的阿Ken，也在執勤數字上遠遠拋離你啦！」

「那又怎樣？」

「我起碼要將你的執勤數字弄得似模似樣，不然的話，下個月為你寫評核報告時，我將無從下筆。」M「唉」了一聲，又道：「你先放心，我這次給你Y檔案，極容易辦。」

「Y檔案？你隨便找個初級情報分析員去辦吧，何須出動我這個精英特工？」

「好吧，如果我將這份Y檔案改派別人跟進，你便要接辦另一份。唔，最近組織接到一名國際恐怖分子潛入香港的情報，我們要派人找出他的下落，然後日以繼夜、不眠不休地跟蹤……」

「咳……唔，okay，我接Y檔案。」我被M嚇得睡意全消。

「我是個關顧下屬的好上司，你該不反對吧？」

「不敢反對。」

「密函將在五分鐘內由信差送到你家。你半小時後出發，一來一回，半天定可辦妥。今晚，我約了畢華流、嘉薰醫生和余非玩大富翁，並且為你洗塵接風。我這樣安排，你滿意嗎？」

「滿意。」我戴上眼鏡，仰望天花板，「謝謝。」

「不用客氣，今天晚上見。」

我坐在牀上，把聽筒放回電話機座。

M的確出於好意。不說大家不知道，特工組織的任務，是按性質而分類的。為了方便入檔，情報組會為各類任務冠以一個英文字母。至於難以歸類的情報，他們會全撥入X檔案，例如，英國皇室的醜聞、法國空軍把別國的祕密飛行器誤作飛碟等，為免令有關人士尷尬，組織把這些檔案列為「絕密」。選X的理由，大概因為它的字形像兩片封條，暗示不能開啟。可是，好奇的人們千方百計發掘X檔案，找到丁點兒蛛絲馬迹，便大事渲染，甚至拍成內容古怪的電影、電視劇集。

至於Y檔案，其性質同樣可從Y的字形猜出端倪。Y像河流的分支。每天我們都接到好些情報，但當中不少應交由軍方、警方、消防處、食物環境衞生署、社會福利署等部門處理。於是，我們會先派一個分析員接觸提供資料者，看看應否由特工組織跟進，或者轉介給其他部門。

故此，分析員是Y檔案的中心點，他的角色像河流中央的分流石，決定情報的流向。執行這種任務並不困難，因為不用在槍林彈雨中冒險。但也不算容易，因為分析稍微出錯，可能引致嚴重後果。最慘痛的教訓莫過於美國的911事件，由於分析員對恐怖分子在航空學校不學飛機降落，只學在空中轉彎這個看似無聊的情報，掉以輕心，因而錯失阻止恐怖襲擊的機會。

我拿起牀頭几上的手錶，看了看，戴上。

信差該到達了。

＊　　＊　　＊

客廳的窗子傳來兩聲輕輕的「咯咯」。我走到客廳，赫然看見一個奇裝異服的人貼在窗外。我住在二十八樓啊！

那人頭戴夜魔俠面罩，身穿蜘蛛俠的紅藍緊身衣，外披黑色的蝙蝠俠披風，在窗外搖搖欲墜。

我跑上前看清楚，原來是特工組織的「一號信差」高文。此人雖然思想古怪、行事荒誕，但絕對忠誠可靠，送信又快又準，從不失誤。故此，M常把重要文件交他分派。

我推開窗子，笑道：「嗨，高文，你這身打扮相當不……俗。」我本想說不倫不類。

「這是科研部門的武器大師Q的精心傑作。這款服飾的功能甚多，飛、爬、鑽、浮、遁、藏，樣樣皆能，而且刀槍不入，水火不侵。」

「真的？」我摸摸他的蝙蝠俠披風，布料含金屬成分，似膠非膠，似鐵非鐵，Q的作品永遠給人驚喜。

「這是你的密函。」高文左手按着鋁窗，穩住重心；右手從身後取出一封信函。

「鋁窗不堅，承托不起你的體重，小心……」

我的話還未說完，三顆螺絲「轟」的一聲從窗鉸飛脫，高文抱着鋁窗從二十八樓飛墮而下。我馬上縱身撲出，身子甫穿越窗子，雙腿即左右分開，足尖緊勾窗框，雙手往前急探，算是盡了人事，及時抓住高文的手——裏的——信函。

我喊道：「小心啊！別摔破我的玻璃窗！」

當高文大約墜至十樓，他的蝙蝠俠披風突向兩旁作扇形散開，變成一張滑翔翼。他在空中一擺一盪，隨即從墜落變為水平飛行，剎那間向海面稀薄的晨霧翱翔而去。

我得提醒他記緊把鋁窗還我，但距離愈拉愈遠，縱然我喊破喉嚨，他也不可能聽見。惟有待會向M投訴，高文負責送信而已，實在不應取去我的鋁窗。

樓下的電燈亮起，想必是高文剛才那一鬧，把住在二十七樓的漂亮空姐吵醒。假如讓她看見我倒懸窗外，她多半誤會我企圖偷窺，要是再想歪了的話，從此對我芳心暗許，那便麻煩了。我急忙揮掌拍向牆壁，使勁往後一推，身子凌空騰起，雙腿一縮，再轉體180度，反手握住窗框，借力扭腰彈回屋內。

* * *

進得屋內，聽見樓下傳出「嘎嘎」的推窗聲，接着是一聲女子的尖叫。

「幹什麼？」我狐疑地走回窗邊，俯首向下察看。

一扇鋁窗自空姐的家掉落，樓下的花園平台傳來巨響，玻璃應聲粉碎，窗框斷裂。

幸虧花園裏還未有「晨運客」，不然的話，那羣老人家不給鋁窗砸傷，也給巨響嚇壞。

漂亮的空姐探頭到窗外，慌忙看左看右看下看上……

噢，我收回「漂亮」這個形容詞，改為沒化妝的空姐吧。她一看見我，便仰臉解釋：「我不是故意的。方才我被外面的怪聲吵醒，還好像看見有人跳樓，我一時好奇，便推窗看個究竟，誰知窗子太久沒開，怎也推不動，最後我使勁一推，即整個甩掉。」

我喊道：「警察快到了。事件沒傷人，你不用太擔心。我建議你先洗個臉，上點妝，換件衣服，再慢慢向警察解釋。」

沒化妝的空姐被我一語道破，連忙用手掩着臉孔，胡亂應了一聲，便退回屋內。她大概趕着去敷粉塗口紅畫眼線戴假睫毛。

都是M惹的禍，要傳信息給我，卻不用e-mail、傳真、短訊、無線電，偏要派高文送信；而高文不乘電梯，不跑樓梯，偏要扮蜘蛛俠爬牆，最後弄至一團混亂。

我搖搖頭，撕開信封，在信封裏抽出一張白紙。

白紙？當然不會這麼簡單。

我提起窗台上那株仙人掌旁邊的噴壺，輕搖一下，壺內尚有少量濁水，勉強足夠。

我把那張「白紙」平放桌上，再用噴壺均勻地向紙面灑水。

這是M自以為聰明絕頂，其實笨拙無比的保密伎倆。他預先在紙上塗一層化學物質，然後用隱形墨水書寫。字體遇水現形，同時，紙張遇水溶解。優點，我想不到；缺點則多得很。例如，收件人必須在紙張溶掉前速讀全文。我們跟M反映過，只要我們看完文件後，把它燒毀、撕碎、或沖進馬桶，資料同樣不會外泄，毋須讀得這麼狼狽。可惜，M就是不聽，他認為自己的想法永遠正確，這大概也是上司的通病。

這次，M的密函只有一行字：大澳新基街村屋。

怪不得M找我，原來位置在大澳。

自從香港國際機場由九龍城搬到赤鱲角後，習慣居於機場附近的我，立刻在東涌購置了這個單位。從東涌前往大澳，車程約半小時，任務由我來辦，較誰都方便。

密函已完全溶掉，桌上只剩一灘濁水。

我放下噴壺返回睡房，換過衣服，隨便取了一些小型裝備，便匆匆下樓，登上一輛藍色計程車，請司機駛往大澳。

2

計程車司機對於即將開幕的香港迪士尼主題公園，滿有憧憬。我登車不久，他便主動攀談，說什麼迪士尼帶動旅遊，促進消費，預期九月以後收入會因迪士尼而大幅增加。

我從不否定主題公園能帶來經濟效益，但覺得迪士尼的歡樂是堆砌出來的。一個曾在迪士尼工作的女孩子告訴我，迪士尼的員工稱上班作「上台」、下班作「下台」。員工都是「演員」，臉上堆滿燦爛的笑容，合力為顧客炮製一段「奇異的時刻」（magic moment）。這是金錢換來的歡笑。

你若沒錢購買入場券，米奇老鼠會蹦蹦跳的跑到你身旁跟你拍照嗎？而且，那些機動遊戲，例必大排長龍。排隊個多小時，才玩三兩分鐘，頂不划算。

迪士尼算是人生得見識一次的地方，但見識過後，那就算了。

論到好玩，去迪士尼的樂趣遠不如與三兩知己一起玩大富翁。今晚，M替我約畢華流等人，實乃深得我心。畢華流自從贏得「世界大富翁」冠軍後，樹大招風，人人都以擊敗他為榮，從此，他每次作賽總被圍攻，特別當遇上嘉薰醫生這類少說話、多買地的對手時，畢華流隨時陰溝裏翻船。今晚的大富翁一定很刺激，想起也叫我心癢手癢。

計程車司機眼見我對迪士尼沒甚興趣，知道話不投機，便閉上嘴巴，專心開車。

*　　　　*　　　　*

當太陽剛越過水平線，司機把計程車停在大澳巴士總站附近。我下車走進永安街，兩旁的店舖尚未開門營業。我來到橋頭，記得這兒從前沒橋，人們往來對岸得乘橫水渡。

「橫水渡」是當年大澳的特色之一。那時，渡船夫把纜索的兩端分別繫在兩邊渡頭的石柱上，過渡時，船夫雙手攀引，腳下的渡船徐徐向前滑行。如今，橫水渡被鐵橋取代，加上2000年7月的火災燒毀了大澳不少古老棚屋，昔日的水鄉風情已大大褪色。

我走在橋上，輕叩着欄杆，遙望平靜的港灣，想起夏斐的詩：

早已不再漂泊

安住在心靈的淨土

只是　敞開的臂彎

難以拒絕

負載深情的歸航

分離

該怨那陣無常之風

如何把握明天？

在外流浪大半年，我歸來了。

時局變遷，世事無常，人面不再，景物也不再，惟獨情懷依舊，我還是我。昨天的我，今天的我，明天的我，始終如一。

過橋後，一家食店恰巧開市，我走過去看看，原來食店賣麪包、糕點、豆腐花……

我很久沒吃豆腐花，便要了一碗，順便向店主大嬸打聽新基街村屋的位置。

大嬸指明往新基街的方向，鄭重地補充一句，那條街只有棚屋，沒有村屋。

或許M寫錯地址，或許我看錯了。可密函已溶掉，無法核實。反正來到大澳，好歹也要到新基街走一趟，倘若真的沒有村屋，就當作執勤完畢吧。

我吃罷豆腐花，依大嬸所指的路徑，右轉入吉慶街，穿過一條窄巷，新基大橋出現眼前。這道橋用木板建成，較剛才的橫水渡鐵橋狹長。我默默走在橋上，一艘摩托小艇在橋下緩緩駛過，盪開一泓碧波。

在新基大橋的另一端，我找着新基街。新基街雖名為街，但其規模與市區的街比較，相差甚遠。這條街跟一般行人道相去不遠，兩旁盡是用鋅鐵和木板搭建、靠木樁架在水上的棚屋。老婆婆拿着掃帚在屋前清潔，偶然有一、兩頭黃狗懶洋洋的躺在門口，看見我這個陌生人也不吭一聲。

這種地方會有什麼情報？

看來，M弄錯了。

眼前，一個頭戴黃色鴨舌帽、身穿黃色風衣和黃色布褲的人，拉着一架買菜用的黃色手推車，在前頭走着，活像一個會走路的呂宋芒果。不知交了什麼運，今天早上竟第二次遇見奇裝異服的人！

路面狹小，那人走得慢，他的手推車又阻擋着前路，我便從後喊道：「老兄，請你讓一讓。」

那人停下來，轉身厲眼瞪着我，原來是個中年婦人！

「讓什麼呀讓！我不讓，你能奈我怎樣？」她開口便罵，也許因為我誤稱她作老兄吧。

「我在趕路……」

「趕什麼呀趕！趕着去死嗎？」

「喂！」我火了，「我沒開罪你，你幹嗎咒罵我？」

「老娘愛罵誰就罵誰！我老爹從前『當差』的，人人都怕他 —— 怕他即是怕我！你膽敢頂撞老娘，小心老娘投訴你！老娘天天去投訴，什麼部門都到過，司長、局長、署長、祕書長都要接見老娘。」

倒霉！竟碰着個瘋婦。既然她是瘋的，無謂跟她糾纏。我欲閃身而過，她卻展開雙手，攔住我的去路。

「你可別跑，老娘還未罵完。你別以為身上有槍，老娘就怕你。老娘天不怕地不怕！」

「你怎知道我有槍？」我把手槍插在小腿的槍袋內，有褲管遮掩着，她不可能看得出來。

「我老爹從前『當差』的，警察我見得多，一眼就認得出來。你不過是『雜差』而已。」

「我不是『雜差』！」

「你是！明明是『雜差』又不敢承認，我得去找警務處處長投訴你。」

我大為氣結。我的時間雖說不上寶貴，但浪費在這瘋婦身上，卻是十萬個不值得！我最後問她一句：「你到底讓不讓路？」

「不讓又怎樣？」

「不讓的話，你的手推車便會逃跑。」

「哈哈，你說什麼瘋話，手推車沒腿，怎會跑掉！」

「我幫它一把嘛。」說罷，我遙劈一掌，掌風掠過婦人的衣角，擊中手推車。手推車「登」的彈離小路，「撲通」一聲掉進水裏。

「手推車啊！我的手推車……」婦人趕緊跑去找竹竿打撈手推車。

前路通暢，我微微一笑，搓着雙手，迤邐而行。

3

我站在新基街最後一間棚屋門前，再往前走，便是山路，沿着山路，可攀山越嶺回到東涌。東涌，我當然要回去，但絕不會跑山路。當我正想對自己說「任務完成，可以撤退」之際，依稀看見遠處山邊的林間有一所房子。

看着那房子，我不禁疑惑起來。

沒那麼巧合吧？

既然看見了，不去查探一下，恐怕今夜難以入睡。

我繼續往前走了十分鐘，來到房子正門前。這是一間傳統客家村屋。門上的漆油大部分已經剝落。屋主用一條粗鐵鏈穿過左右門環，另加一把不鏽鋼鎖鎖住。鎖是全新的，而且是精良的歐洲貨。舊屋新鎖，奇怪！難道屋主在裏面貯存了什麼重要物件？然而，這種老房子，即使安裝最堅固的門鎖，但遇上我這精英特工，它的保安效能只能等於零。

環顧左右無人，我便施展「壁虎游牆功」，手足並用，沒幾下工夫便攀上瓦頂。

傳統客家村屋，一進是廚房，再進就是客廳；於廚房和客廳之間，通常圍成一個天井的露天空地。天井是懂輕功的人的捷徑。我悄悄移到天井之上，蹲下，居高臨下地俯視屋內的狀況。眼下一片死寂，料想屋內無人，便躍下天井。

不知是幸還是不幸，我着地之處湊巧有一窪積水，若非我的馬步穩健，早已滑了一跤，跌個四腳朝天。

可是，這窪積水的氣味腥臭難當，探身一嗅，哎呀！原來是一大泡尿！

我慌忙躍開，抬腿把鞋底往牆上亂擦。

真噁心！

我擦了好一會兒，心理上覺得潔淨了才走進客廳，大略掃視一眼。

客廳裏沒幾樣家具：一方木桌子、四張尼龍摺牀、兩條板凳，還有幾個大小不一的空紙盒。

隔開睡房和客廳的間板已霉爛不堪，中間裂開一個大洞，從洞裏望進去，房間內只有一個大衣櫥，除此以外，什麼也沒有。

睡房上有一個閣樓，陰陰森森的，甚是可疑。客廳右側的木樓梯可通往閣樓，我才走上三級，腳下的木板即嘎嘎作響，快將不勝負荷的樣子，勉強再上去，恐怕樓梯隨時折斷。

我跳下樓梯，坐在板凳上，打量着尼龍摺牀。四張摺牀都是新的，古怪！四張牀是否代表四人住宿於此？這所破房子，誰會搬進來住？從剛才天井那灘尿的面積和濕滑程度估計，撒尿的不止一人，而且尿在天亮後才撒。那些人既然有心住下來，便應該把房子修葺一下，打掃乾淨。這房子骯髒破舊，多坐一會也令人渾身發癢。顯然，他們不打算在此長住久居。

他們是什麼人？撒尿後跑到哪裏去了？他們是M要我尋找的人嗎？

若然如是，明明約好了，他們為什麼不等候我？

我已看過屋內各處，只剩下閣樓和睡房。那木樓梯隨時塌下，閣樓多半也是「危樓」，我別無選擇，惟有搜查睡房吧。心想，完成任務，立即下班。

*　　　*　　　*

我走進睡房，室內空無一物，除了那個櫥門半掩的大衣櫥。此情此景，令我不禁想起英國著名神學家魯益師（C.S. Lewis）的名著《獅子．女巫．魔衣櫥》。眼前這衣櫥，不可能是通往「納尼亞」魔幻王國的魔衣櫥吧？我笑自己無聊，用腳尖拉開櫥門。

嘩！衣櫥的內部跟櫥門全然不合比例，裏面又高又深又闊。沒有衣櫥常有的樟腦和布料的氣味，反而帶着少許機油和硫酸的氣味。

我想了想便踏進去，感覺像置身建築地盤的「籠軚」。我用手推壓櫥壁，再用腳踹踏底板，全無腳踏實地的質感；而且，鞋底碰到底板，發出卡嚓卡嚓聲，不知道踩着什麼？

我取出 M3 電筒，單膝跪地，小心地檢查衣櫥的底板，咦？上面有些沙泥。

沙泥怎會吹進衣櫥裏？

我倒轉電筒，輕輕敲打底板，回聲有異。我仔細再敲，確定板下是空心的，我敢肯定下面該是地穴或祕道。這房子、這衣櫥殊不尋常。

怎樣找出衣櫥下的祕密？

一定有機關。

我一面舉起電筒四下照射，一面用指頭在衣櫥周遭摸索，希望找出底板的開關掣。雖然我不知道衣櫥下面藏着些什麼，更不知道這些東西跟我的Y檔案有否關連，但我已經來了，況且踩了一腳尿，可不得不管哩！

最後，我在衣櫥的門框找到金屬裝置，再在相對的門框找到同樣的裝置。如果把櫥門完全關上，兩處金屬裝置便會相接。

「只有傻瓜才會把自己關在衣櫥裏面。」我喃喃道出《獅子·女巫·魔衣櫥》裏的經典名句。

傻瓜？就做一次吧！

我拉上門，金屬相接。

「卡——」

「嗒——砰——」衣櫥右下角的底板開始挪動。

我拔出Glock17手槍，把M3電筒裝進槍管的外掛裝備溝槽上，上了膛，指頭輕扣扳機。底板由右下角開始向內移動，直至露出一個水井似的洞口才靜止下來。洞裏射出微弱的燈光，飄出難聞的硫酸氣味。

我捏着鼻子，慢慢移步上前，雙目和槍嘴對準洞口，以防有人忽然從地洞竄出向我襲擊。

走到洞前，洞內依然寂靜無聲。

我迅速探身瞥一眼洞穴，旋即靠後。洞內即使有槍手埋伏，只要我的動作快捷，對方也來不及向我開火。

這一瞥並沒看見伏兵，眼下只有一口枯井，深約三米，井壁掛着一副竹梯直達井底。我右腳踏前一步，屈膝，左腳試踩竹梯。竹梯相當穩固，不像客廳的木梯釘鬆板搖。我一步一步向下走，井壁並不光滑，周圍都是裂縫和凹凸不平的岩塊。愈向下走，硫酸的氣味愈濃烈，難道枯井底存放了大量硫酸？

十秒鐘之後，我到達井底，過程沒絲毫阻滯。

井底是地下室，我靠邊站立，舉起手槍，用M3電筒照射一圈，確定四周無人，才敢挪動腳步。

地下室的面積相當大，大約等於地面的客廳和睡房加在一起。四壁用大麻石砌成，中央吊了一盞燈泡，燈泡雖然亮着，但光度不足以照遍整個地下室。燈下置了一張長方形的空桌子。走過去瞧瞧，桌子其實並非空空如也，上面至少還有些灰塵，桌旁擺了幾張圓摺凳。石牆的表面留有大量膠紙貼痕，不難看出，不久以前，牆上曾貼滿紙張之類。

左前方一個燈光照不到的牆角，發出陣陣刺鼻的硫酸氣味——這就是空氣污染的源頭了。

我繞過桌子，舉槍指向那暗角，在M3電筒的光線下……我頓然毛管直豎，那兒竟躺着一具恐怖腐屍！

我上前看看，那是一具人類的屍體，體形屬男性。死者遭人用大量化學液體溶蝕，弄至血肉模糊、面貌難辨，顯然，兇手存心毀屍滅迹！

井底藏屍，案件可交警方跟進調查。

＊　　　＊　　　＊

我緩緩退後，挨着桌子，持槍的右手擱在桌上，左手掏出手提電話，打算打電話給 M ，着他通知警方。

電話沒有線路。差點忘了，此刻身處地底，我得返回地面，電話才可接通。

我收起電話，手槍和指尖不覺觸及桌上的灰塵。咦？這不是灰塵，卻是微細的晶體。我走到燈光最亮之處，把沾有晶體的手掌在燈下攤開，瞧清楚……這是 TNT 黃色炸藥！

再細看桌子，上面也有 TNT 。

Y 檔案的分流工作完成，案件要由特工組織處理。

II 黃衣神奇怪芒

阿Wing、布殊拉登

智鬥黃衣奇女子，

暗局若隱若現……

1

「你們誰可告訴我，提供情報的是什麼人？他在何時、透過什麼途徑接觸我們？除了村屋的地址外，他還說過什麼？」我雙手叉腰，站在會議室中央，瞪眼掃視橢圓形會議桌上的每一個人，目光最後停在安坐主席座位的M臉上。

「嗄……唔……嗌……喔……」M不斷更換坐姿，尷尷尬尬地左顧右盼，盼望座上有人挺身而出，代他回答我的質詢。

可惜，露絲忙於操作筆記本電腦，阿漆忙於偷看露絲，阿Ken靜心閉目養神，Ada專心修銼指甲，丹娜翻閱「八卦」雜誌，霍斯玩填字遊戲，發仔閱讀電影劇本。

無人開口。

我斬釘截鐵地說：「請你別再吞吞吐吐了，坦白告訴我們吧！」

「霍斯。」M的額角冒出一大顆明晃晃的汗珠。

「對不起，我和丹娜負責X檔案。我們對Y檔案毫不知情。」

「阿漆。」

「我這兩天忙於尋找國際恐怖分子的下落，沒有回來總部。大澳的事，我所知甚少。」

「我勸你還是爽快一點，上司，我們已陪你坐了一個早上，別再浪費時間噢。」Ada 邊說邊展開手指，欣賞剛銼好的指甲。

「喂！你們這是什麼態度呀！想造反嗎？」M老羞成怒，「我既是你們的上司，你們應該逐一向我匯報，而不是反過來對我進行逼供！」

「公事公辦嘛！M，這宗案件的情報來源，只有你一人知道。你的資料對調查工作非常重要。」我改用較平和的語氣。

「我不是頭一天做特工，這道理怎會不知道？但我實在想不起來。每天放在文件盤裏的文件、記事紙、便箋、檔案，沒一百也有幾十，那些芝麻綠豆般的小事，我想不起也不足為奇。」

丹娜手肘支着桌面，托着下巴，語帶嘲諷地說：「TNT 黃色炸藥，可不是芝麻綠豆哩！」

「如果當日那張記事紙上，不是寫着村屋地址，而是TNT ，我一定慎重其事。」

「好，你記起記事紙了。」我盯着 M ，「繼續想下去，那是什麼款式的記事紙？誰寫給你的？」

「是……」M 用右食指抵住太陽穴，盡力回想。

我們屏息以待，Ada 也暫時放下她的幻彩指甲油。

「呀！我記起啦！那是一張米奇老鼠記事紙。」

我們一同望向阿 Ken 。組織上下共三百六十四人，只有阿 Ken 一人使用印有米奇老鼠標誌的產品，當中包括內褲。

「我……」睡眼惺忪的阿 Ken ，一臉茫然。

「我還未說完，你們不要誤會，此事跟阿 Ken 無關。」M 搖手道：「那張記事紙，不錯是阿 Ken 的米奇老鼠記事紙，但字迹屬 Ada 的。Ada 習慣於下班前，將瑣事寫在記事紙上，然後貼在我的桌面。」

阿Ken用手背抹乾嘴角的唾液，嚷道：「Ada常借用我的文具，每次都是有借無還。」

我轉而盯着左邊的Ada，喝道：「我勸你還是爽快一點，別浪費時間！」

「我……」Ada張大嘴巴發愣，仿如聽不懂我的話。

「你如此粗心大意，怎當祕書！」找到卸責的目標，M馬上反守為攻。

「那地址……是……」

M如釋重負地把身子陷在大班椅裏，壓低嗓子道：「快說快說，否則，我立即解雇你。」

「是……高文告訴我的。」

「胡說！」身穿小飛俠裝束、踩着滾軸溜冰鞋的高文，如幽靈般溜進會議室，「我是信差，負責遞送信件，從不傳話。」說罷，他又如幽靈般溜出會議室。

「你們到底怎麼搞的？」我頹然靠着椅背，「我離開幾個月而已，你們竟弄得一塌糊塗。」

「是九個月零五日。」丹娜插口道。

「我把資料整理好了，大家別再浪費時間，情報來源稍後再研究吧。現在，我們先談更實際的事。」露絲在筆記本電腦輸入指令，會議桌上的投射器模擬出村屋和地下室的立體影像。

露絲說：「這村屋是大澳原居民廖平的祖業。廖平於二十年前移民荷蘭，在彼邦落地生根。我請荷蘭的情報人員向廖平查探過，初步得到一些資料。廖平的父、祖兩代皆以走私為業，常利用漁船偷運私貨，村屋的地下室正是貯藏私貨的地方。自從廖平移民後，村屋一直閒置，而當年參與走私的人都已離世多時，知道地下室所在的，只有廖平一家和少數近親。」

「廖平的口供存有兩個疑點：第一，地下室入口的電動裝置不似二十年前的產品；第二，地下室的電力供應正常，換句話說，有人按月繳交電費。故此，這村屋不可能閒置二十年。」我輕托眼鏡道。

「這兩個疑點，荷蘭的同事也想到，因此他們會繼續徹底調查廖平和他的親人。」露絲再按一下鍵盤，投射器放出屍體的照片。

「好恐怖哩！」Ada一副花容失色的表情，同樣令人驚恐。

露絲說：「屍體被高濃度硫酸腐蝕。兇手毀屍的方法非常專業，警方即使發現屍體，亦難以在短時間內查出死者的身分。我們只能初步判斷，死者是男性，中等身材，年齡介乎二十五至三十五歲之間，東方人種，死亡時間約在深夜三時至六時。至於其餘的，鑑證科同事仍在努力當中。」

阿添猜道：「死者會不會就是向我們提供消息的人？」

「極有可能。」露絲切換投影片，「這是現場找到的微細證物，當中包括少量TNT炸藥、五顆鐵釘、三顆包裹電線用的絕緣膠、一角香港地圖。」

「他們製造炸彈耶！」霍斯驚訝地說。

丹娜說道：「在炸彈內混入大量鐵釘，以加強殺傷力，這是恐怖分子慣用的襲擊手法。2005年7月倫敦的連環爆炸案，恐怖分子用的就是這種炸彈。」

阿漆擔憂地說：「他們閱讀香港地圖，或許計劃在本地發動恐怖襲擊。香港迪士尼下星期開幕，到時滿街都是中外遊客，若有炸彈襲擊，一定引起極大恐慌。」

露絲分析道：「我估計死者得悉恐怖分子的勾當，或者死者是恐怖分子的一員，為了某種原因，打算揭發他們，因而招致殺身之禍。兇手得悉行藏已經敗露，故在阿 Wing 到達之前，速速清理現場，毀滅證據。」

M 露齒一笑，讚道：「做得好，露絲。」

「做得好，露絲，幸虧還有你。」我補充一句。

大家沉默了一會，阿漆再度開腔：「需要香港地圖……恐怖分子想必不是本地人，早前他們進出大澳村屋，總該有村民見過他們。」

露絲說：「這點我亦查過。村民說，這幾天的確見過三個穿長衣、戴布帽子、揹背包的中東人曾在村屋附近走動。由於大澳是旅遊區，大家都以為他們是自由行遊客。他們見慣了外地人，所以也不覺奇怪。不過……」

她似在故弄玄虛。

「不過什麼？」我們齊聲問。

「不過，有一個女人告訴我，她認得那三個外地人的容貌。」

「那就簡單啦，請她回來做三幅拼圖，好緝捕那三人歸案。」M輕鬆地說。

「難，難，難。」露絲輕輕歎氣，「唉！」

「有何困難？你不妨直言，我阿Wing第一個幫忙。」

「阿Wing，我就等你這句話。那女人指明要一個戴眼鏡的便衣警察去求她，她才肯合作。」

「是不是那個黃……」

「對，就是那個黃帽黃衣黃褲的女人。」露絲吃吃地笑。

「嘎……呂宋芒果！」

2

海風蕭蕭。

浪湧滔滔。

流雲如水，飄盪隨風。

今早的天氣不差，我的心情卻糟透了！我俯首低吟：「風蕭蕭兮易水寒，壯士一去兮不復還。」

再次走在大澳那道鐵橋之上，我的心情跟昨天迥異。今天，對於昔日荊軻渡易水的慷慨悲壯之情，我另有一番深切體會。

「天呀！」我仰天長歎。

待會兒過了橋，我將要執行一項自當特工以來從未試過的極度任務。它可能非常兇險，可能非常艱巨，也可能非常厭惡，但這是上級壓下來的工作，身為下屬，我不能抗命。昔日荊軻渡河，尚有高漸離相送，為他擊筑；今朝，在我身邊的，卻是一羣無良傢伙！

M 抓着我的胳膊，說：「阿 Wing ，廣東人有句俗語，『跪地餵豬乸』。你為大局着想，勉為其難犧牲一次吧！」

「阿 Wing ，忍辱負重啊！」露絲道。

「阿 Wing ，我在精神上無限量支持你，更代表特區政府和全港市民，向你作摯誠的祝福和深切的慰問。」Ada 安慰我道。

「阿 Wing ，我會為你祈禱的，縱然我不信耶穌。」阿漆道。

「阿 Wing ，我心裏很想代替你執行這任務，可是，對方的目標不是我……請恕我愛莫能助。」阿 Ken 幸災樂禍似的。

不知是否心理作用，我隱約看見他們在偷笑，但願我看錯吧。不然的話，人性的醜陋，簡直達到一個可怕的地步。尚差五步便踏足對岸，我得盡最後努力游說他們。

我懇切地說：「M，請你重新考慮我的建議，把『呂宋芒果』抓回秘密基地，關在黑房裏，嚴刑逼供，例如電殛、灌水、打針、催眠、毒打、火燒、炭炙、煙熏、蟲咬……」

「萬萬不能，她不是疑犯，我們不能逼供。」阿漆打斷我的話。

露絲補充說：「即使是疑犯，我們行事也要講求人道。」

看着兩人一唱一和，十分合拍，我心裏忽然有點酸溜溜。

M從後推我一把說：「快到了，我們人多，容易惹人注目。阿Wing，你獨自走完最後一程吧。我們不送你了。」

Ada故作不捨地說：「送君千里，終須一別。你要凡事小心噢！」

我拖着沉重的步伐，一步一回頭地走過鐵橋。

M等人一窩蜂似地散去。

*　　*　　*

等候我的人就在街角的茶居裏。

我站在街心，手槍在腰間，袖箭在衣袖裏，小鏢刀在褲管內，金錢鏢在零錢包裏，還有一枚手榴彈和催淚彈藏在背包中。武器充足，但統統用不着。

我移動腳步，慢慢向前推進。

目標人物仍是一身黃帽黃衣黃褲，她獨佔茶居近門口處的大圓桌。她的黃色手推車橫放在桌旁的通道上。茶居的客人雖多，但其他客人寧可「搭枱」，也不敢碰着那張圓桌。「呂宋芒果」果然夠霸氣！

不論我的步速怎樣放慢，總有走到茶居的一刻。

不幸地，這一刻轉瞬臨到。

「呂宋芒果」剛吃完一碟山竹牛肉，呷了一大口熱茶，她架着腿，拿起葵籤剔牙。

我來到她跟前，說：「喂，跟我回去做拼圖。」

「呂宋芒果」冷冷的瞟我一眼，道：「喂喂聲，審犯麼？我可不是犯人！『勞駕』也不說一聲，沒禮貌，沒家教。」

我忍！我板着臉孔說：「勞駕……」

她站起來，拍拍屁股，道：「我要去買菜了，你替我結帳。」她走了幾步又回頭，「你有時間就跟着來吧。」

「你……」

「我有名字的。我叫冰潔，冰清玉潔的冰潔。」

我忍……忍住不作嘔。

冰潔拉着手推車往街上走。

3

我替冰潔付了茶錢，硬着頭皮跟在她身後。

她走到路旁一個賣菜婆婆前面，問：「一斤白菜多少錢？」

「三元。」

「三元，太貴了。」冰潔伸手翻弄簸箕竹籮裏的白菜，「又老又殘，又黃又熟，兩元一斤也多給你了。替我秤一斤吧，不要缺斤短兩呀！」

阿婆罵道：「哼！兩元，不賣，你別再翻弄我的菜，我不做你的生意。」

「你敢罵我！」冰潔轉身推我上前，喝道：「她是無牌小販，阻街、非法擺賣，給我拘捕她。」

「你是……」賣菜婆婆一臉疑慮地打量我。

冰潔得意地說：「他是『雜差』。」

我甩開冰潔的手，說：「我不管無牌小販的事。」

「你不管，我找『食環署』的人來管，我要打1823投訴。」冰潔攤開手掌，「借我手提電話。」

「我沒時間跟你胡鬧。」

「我沒叫你跟着我，你沒時間就請便吧。我去小賣店借用電話，然後站在這裏等『食環署』派人來拘捕她。」

「你搞這麼多事，無非想買便宜菜吧，行。」我回頭向阿婆說：「你兩元一斤賣給她，餘下的一元，由我來付。」

「今天真倒霉，大清早便遇見瘟神……」賣菜婆婆一面把白菜塞進塑料袋裏，一面嘮嘮叨叨。

冰潔擲下一個兩元硬幣，隨手在另一個簸箕竹籮裏搶了一大束葱。

「喂，你不能取這麼多！」阿婆連聲喝止。

「買菜送葱，天經地義。」冰潔把菜和葱一併放進她的手推車內。

我給了阿婆一個五元硬幣，以求息事寧人。

冰潔面露勝利的笑容，趾高氣揚地拖着手推車揚長而去。

「喂，你已買完菜，得跟我去做拼圖了。」我從後趕上她。

「我可從來沒答應你什麼。要不要跟你合作，得視乎我的心情。我現在還有地方要去。」

「你又想去哪兒？」

「公園。」

我忍，我忍，我忍忍忍！

* * *

我緊隨冰潔走進附近的小公園，冰潔一逕走到公園中央的涼亭。

涼亭內，有六、七個阿伯大叔圍着石枱下棋。冰潔對我說：「無牌小販不關你的事，非法聚賭你不能推搪了。」

「何處非法聚賭？何人非法聚賭？」

冰潔指向涼亭，提高嗓門說：「這羣男人在非法聚賭！」

「他們下棋而已。」

「下棋，我呸！我告訴你，那個坐在正中的叫福伯。他每天都在這裏設下殘局，五元一局，贏的取下五元，輸的賠五元。這算不算賭錢？你身為警察，快執行任務拘捕他們。」

涼亭裏的人停下所有活動，同時看着我們。

我正色道：「我雖然有求於你，但你不能永無厭足地領我到處惹是生非。」

「嘿嘿，你終於肯承認有求於我了。你既然有事相求，當然也要幫我做一點事，正如政府高官常說，互惠互利嘛。」

「幫你不是問題，不過，我有我的原則。欺負老人家的事，我萬萬不幹。」

「呵呵……」福伯步出涼亭，笑道：「年輕人，不打緊。這裏方圓十里的人，個個都是冰潔的仇家，她天天借故向我們泄私憤，我們早已見怪不怪了。」

「喂，你還跟他聊什麼？你到底會不會鎖他啊？」冰潔大力扯我的衣服，不覺掀起我的衣角，露出了腰間的手槍，「對啦，你有槍在身，他們若有違命，你便開槍射殺他們。」冰潔愈說愈興奮，一副幾乎要替我拔槍的模樣。

眾人嘩然。

「怎可隨便動刀動槍！」我推開她，拉正衣衫，遮掩手槍。

福伯迎着我笑，說：「年輕人，我看你是個正人君子，為免令你難做，我們來對弈一局吧。如果我輸了，以後便不在這裏下棋。如此安排，冰潔，你該滿意吧？」

「荒謬！他勝得過你這頭老狐狸嗎？」冰潔悻悻然瞧他一眼，不屑地瞧我一眼。

「所謂後生可畏，我從不少看人年輕。」福伯欠身，向我擺手，「請。」

跟福伯下棋，總勝過無故拘捕他。於是我說聲「請賜教」，便大步踏進涼亭。

石枱上設了五個殘局，我只認得其中一局名為「餽禮求和」的。我念中學時曾參加棋會，讀過幾本古譜，這棋局出自古抄本《湖涯集》，原譜着法最終為和局，紅黑雙方不分勝負，不傷和氣。不過，下棋這回事變化萬千，對手不同，結局自然大有分別。

我淡淡地說：「福伯，我想試『餽禮求和』。」

「你太沒志氣了！棋子一步未動，便向他求和，還送禮！」冰潔劈頭便罵。

「冰潔，你別誤會。他說的是棋局的名堂。」福伯拍拍我的肩頭，「年輕人，你說得出這殘局的名堂，可見棋藝不弱。真好，我今天有對手了。」

「福伯，你見笑了。我對象棋略懂皮毛，談不上什麼棋藝。」

冰潔嚷道：「你們囉唆什麼？快動手，有話留待上墳才說。」

「是呀，快下，快下，讓我們開開眼界。」旁邊的人也等得不耐煩。

福伯說：「好，好，莫令大家失望。年輕人，我是主你是客，你先，請。」

「有僭了。」我選紅子，大略想想棋譜的變化，便拈起紅炮，炮二進七。

福伯提起黑象，象七進九。他的黑象被迫飛往邊路，避免遭我「將軍」。

既已着了先機，我繼而推前，兵進一步，直迫黑子的中路。福伯走將四平五，黑子立時陷於進退兩難的困局。眼見機不可失，我立即把前車平五。

「攻得好狠啊！」福伯處於劣勢，惟有將五平四，以圖舒緩壓力。

我炮一平六，他車四退一。

福伯雖採取守勢，但我看出他已留有後着，伺機反擊。我不慌不忙，先後調動兵、炮、車，由左右兩翼步步搶攻。我不能讓他突圍偷襲，不然的話，優劣之勢隨時逆轉。

結果，四着之後，我以一着車一平六取勝。

福伯默默瞅着無法挽回的敗局，好一會兒後，才悵然道：「我輸了！」然後動手執拾枱上的棋子。

「哈哈，呵呵，哈哈呵呵。你終於肯親口認輸，我倒是頭一遭聽見。」冰潔得勢不饒人，「不要扮失憶啊！記住履行你的承諾。這個公園將回復清靜，起碼再沒你這羣老傢伙霸佔涼亭。」

「福伯，剛才只是友誼切磋，我也只是僥倖獲勝。所謂的承諾，全屬戲言，不必認真。」我不好意思地說。

「不行，人無信而不立。我向來言出必行。輸了就該走。」

「算你還有點骨氣。你慢慢收拾包袱喔！這裏熱烘烘的，我到社區中心歇涼。」冰潔暢快地拖着她的手推車離開公園。

待冰潔走開，我輕聲對福伯說：「巴士總站旁邊的小公園，環境比這裏清幽多了。」

「這個當然。」福伯向我眨一下眼，「我沒說不在別處擺設殘局啊！」

我笑着跟福伯握握手，快步走出小公園，追上冰潔。

「老實說，福伯的棋藝很高，你有能力擊敗他，真是看不出，料不到。」冰潔對我的敵意大減，大概我替她一挫福伯的銳氣吧。

「我的才能還多哩！」

「真的？」

「有些人或是出於妒忌，或是生性多疑，總認為我的多才多藝是不真實的。試想，世界之大，總有一小撮人與別不同。」

「對呀！我完全同意。」

「真的？」

「我就是那種與別不同的人。」

我從頭到腳再看冰潔一遍，點頭道：「你的確跟常人不同。」

「我就是舉世混濁我獨清、眾人皆醉我獨醒。周圍的人都令我看不過眼，他們時刻破壞社會秩序，我要一一加以糾正，見一個，糾正一個。可惜，他們盡是頑梗分子，死不悔改的。所以，我經常勉勵自己，要加倍努力，繼續投訴，為這個充斥着各種病態的社會把脈。」

「你才有病。」我垂頭嘀咕。

「你說什麼？」

「沒什麼。」

在街道上走了一會兒，我和冰潔來到社區中心門前。

「這間社區中心的空調溫度挺低哩！」冰潔在手推車內取出一件風衣。

她的風衣也是黃色的。

「你為什麼愛穿黃色的衣服？」

冰潔故作神祕地說：「不妨告訴你，我查過族譜，發現自己擁有皇室血統。古時的貴族宗親都有一件黃馬褂，我穿黃衣，正是為了顯示身分的尊貴。」

我忍不住嗝了一聲。對於她的驚人發現和尊貴衣着，我實在無言以對。

4

冰潔披上風衣，推開社區中心的大門。

人還沒進去，櫃枱後面的長髮女職員一看見她，馬上整理好工作枱上的物件。另一個大眼睛女職員本來正在使用電話，甫看見她亦匆匆掛線。一個少年人正欲離去，看見冰潔，隨即拐彎轉進電腦室。

「你休想……」冰潔三步作兩步的跑進電腦室，活像CID在茶餐廳碰見「蠱惑仔」。

我緊隨其後，看看她到底在搞什麼。

先前的少年人向電腦室裏的人吹口哨示警，眾人幾乎同時推按滑鼠，一時之間，視窗開開合合，電腦畫面紛紛變動。

冰潔大剌剌的走到電腦室中央，活像一頭緝私警犬在貨倉裏搜尋毒品。她俯身查看其中一個少女所用的電腦畫面。少女賭氣地關掉電腦，乾脆來個一拍兩散。

我問：「你想看什麼？」

「看他們有沒有玩線上遊戲、聊天室……」冰潔把視線移到另一個男孩的熒光屏。

我奇怪地說：「聽說你不是社區中心的職員……」

「她比中心的職員更嚴厲。」旁邊的少年連忙答腔。

「職員未能盡責，我便幫忙糾正錯誤。」冰潔啐道。

「她無權干涉我們。」

「她常找張先生麻煩哩！張先生是個好人……」

「你！」冰潔像發現外星生物降落地球般，指着另一女孩的電腦，尖聲叫嚷：「你玩遊戲，違反電腦室的規則。我要投訴職員失職，沒認真監察電腦使用者，縱容你們玩線上遊戲。」

女孩氣沖沖地說：「這是學校網頁，我正在使用老師編寫的教育軟件。你不懂就別瞎扯，也不要騷擾我學習。」

冰潔瞧着我，似在徵詢我的意見。

我看看女孩的電腦熒光屏，的確是教育軟件，便向冰潔說：「她說得對。」

「Yeah ——」電腦室內響起一陣喝采。

冰潔碰了一鼻子的灰，惟有拉長臉孔，離開電腦室，向圖書角走去。

我正想叫住她，勸她別在此耽誤時間和作惹人討厭的事，但她倏地拔足快跑，筆直的跑向圖書角，揪住一個七、八歲的男孩，喝道：「你說話！在圖書角不准談話！牆上貼有告示，你沒有看見嗎？」

「我沒有說話。」男孩害怕地說。

「我明明看見你的嘴巴翕動。」

「我在咀嚼口香糖。」

「喂！你這個瘋婦幹嗎抓住我的兒子？快放手！」男孩的媽媽從另一邊跑來，拉開冰潔。

「呵！你打我。職員！職員在哪裏？打人啊！為什麼沒有職員處理？」冰潔乘機大吵大鬧。做賊喊捉賊，其實整個社區中心最嘈吵、最不守秩序的倒是她。

換上平日，我一定點她的啞穴，好好整治她一番，可是今天我有求於她，暫時不宜跟她反臉，只好袖手旁觀，相信社區中心的職員總有辦法善後。

此時，一名三十來歲、戴無框眼鏡、斯斯文文的男人匆忙趕至。

「張先生，你來得正好。你失職啦！」冰潔一把拉住那男人，一口氣數落他，「我常跟你說，不要縱容這些刁民，特別是小孩。你看，這個小孩在圖書角吃東西，給我逮住了，證據確鑿，人贓並獲。圖書角規則白紙黑字的寫着『不准飲食』，他卻偷偷吃東西。你若不管，久而久之會變本加厲，在圖書角開大食會，那時候你怎向我交代？還有呀，你整天躲在辦公室裏幹什麼？你要經常周圍巡視啊！你領取高薪，就得賣力辦事。你要記着，是納稅人養你的。你既是公僕，就得盡忠職守，做事不能得過且過。你這樣做，如何對得起廣大市民？如何對得起養育你的父母？你父母若健在，一定被你活活氣死；若已過世，一定被你氣得從棺材裏跳出來……」

我數算過，張先生三次想插嘴都不成功。張先生一直保持克制，但當冰潔口沒遮攔地拿他的父母作話柄時，他再也按捺不住。

「夠了！我受夠了！」張先生大發雷霆。

冰潔被他不經意地吆喝，登時不懂回應。

「你這個三八，整天搗亂，無事生非，我……」

「你……想怎樣？你……對市民沒禮貌，我去找你的上司投訴。」冰潔驚魂甫定，轉身急急溜向大門。

「豈有此理……」張先生也轉身，拉開職員工作枱的抽屜，拿出一柄開信刀。他從後追趕冰潔，且舉起開信刀——

危險！

我一個箭步，搶在張先生之前，左手橫臂劈出，格開他持刀的手，右手飛快地捏住他的手腕。我用了三分力，張先生吃痛，開信刀落地。我看準刀柄，右腳撥掃，把開信刀踢進牆角的垃圾桶。

冰潔聽聞異響，回頭張望。

我趁勢握住張先生的手，打個哈哈，朗聲說：「你公務繁忙，不必相送。」

張先生轉怒為驚，一時不知所措。

我在他耳邊勸道：「你有一份安穩的工作，又要照顧家人。她乃閒人一個，什麼也沒有，你犯不着動氣，跟她一般見識。要是出了事，最終吃虧的還是自己。」

冰潔「哼」了一聲，推門而去。

「張先生，這位先生說得有理，你還是忍讓一下吧。」長頭髮女職員勸道。

「先生，謝謝你及時阻止我。唉！」張先生歎道：「她天天來挑釁生事，我有苦自己知。」

「她這人說瘋不瘋，說傻不傻，讓她亂搞下去，也不是辦法啊！」大眼睛女職員怨道。

她說得對，我跟着她到處瞎搞，始終不是辦法。

男孩的媽媽打趣道：「她這種人，欺善怕惡，應該用麻布袋罩住她，把她拖到後巷，痛打一頓！」

「你……」我定睛瞅着男孩的媽媽，靈機一動。

「我說笑而已，你別認真，嘻嘻。」

「不，我認真的。」我胸有成竹地點頭。

冰潔，你走着瞧吧！

III 死亡地車

地車恐怖「人肉炸彈」，

生死一觸即發！……

1

M 再次大清早把我吵醒，召我回去特工總部商討要事。我在電話問他發生何事，他一味吊我胃口，不肯透露片言隻語。其實我早就猜到幾分，但沒說穿，讓他繼續陶醉在英明領導人的美夢中，算是日行一善。

既然猜到這是怎麼一回事，我就不急於回去。我先到樓下的明記茶餐廳吃了一份早餐 A，一邊喝鮮奶，一邊讀報紙（差點忘了交代，我昨晚在九龍城獅子石道的「家」過夜）。我剛讀完娛樂版的頭條〈大明星怒斥狗仔隊〉，便接到 Ada 來電，催促我儘快到總部開會。我瞧一眼腕錶，時間差不多了，便結帳動身。

三十分鐘後，我剛好到達會議室。高文踩着滾軸溜冰鞋在我前面的走廊滑過，手裏拿着一個拼圖室的專用文件夾。

若沒猜錯，拼圖已經完成，文件夾存放着三個中東人的拼圖。拼圖是冰潔做的，她終於乖乖合作了。至於怎樣令她合作？知道原委的只有三人，但不包括 M。

*　　　　　　*　　　　　　*

昨天，夕陽隱沒後，烏雲籠罩着大澳。

冰潔跟張先生的上司談了三個小時，才心滿意足地回家。冰潔拖着手推車，咧咧轆轆的走着，快抵達家門的時候，看見路旁小竹林中坐着兩個長相古怪、鬼鬼祟祟的男人。

素來好事的冰潔放下手推車，躡手躡腳的繞到小竹林的一邊偷看。她心裏也許在想，如果這兩人非法入境，她便跑去報警，說不定能賺得好市民獎。

當她走近那兩個怪人，才看見他們都戴上面具。較胖的戴着「布殊」面具，較瘦的則戴着「拉登」面具。

看見兩人扮作「布殊」「拉登」，並肩而坐，冰潔覺得他們無聊透頂。她正想轉身回家，卻聽見「布殊」說：「等了這麼久，還未見那女人經過。她或許已回家了！」

「拉登」應道：「我打聽清楚了，她一人獨住。我們這個位置正對着她的房子，那裏現時烏燈黑火，想必無人。待會兒，屋內一亮燈，我便一枚導彈射過去，把她連人帶屋炸個稀巴爛。」說時，「拉登」拍拍身旁草叢裏的AS7肩托式導彈發射器，發出一陣獰笑聲。

冰潔聽在耳裏、看在眼裏，不禁心膽俱裂、手抖腳顫。因為「布殊」「拉登」所說的房子，正是她的家。

「那女人認得我們中東支部的三位同志，非要滅口不可。不過，殺雞焉用牛刀，取她性命，何需動用導彈！我一刀便可砍下她的頭顱。」「布殊」說罷，從草地裏「嚓」的一聲拔起一柄蒙古彎刀。在迷濛暮色下，刀鋒閃爍着奇異的光芒。

「拉登」說：「我們的聖戰組織行事轟轟烈烈。這次行動由新成立的『香港支部』挑大樑，真是揚名立萬的好機會。今晚先射一枚導彈，取個好兆頭，以壯稍後那件大事的聲威。」

「好！」「布殊」朝身前的竹樹揮刀。

「卜——」那一刀猶如在她的頸上砍下，冰潔不禁打個寒噤。她嚇得雙手掩住嘴巴，以免失控尖叫。

待緊張的心情稍稍平復，冰潔察覺大腿內側一陣濕濕暖暖的，連地上也濕了，「布殊」那一刀嚇得她小便失禁。

「布殊」又說：「如果那女人今晚不回家，我們豈不是白等一場？」

「拉登」說：「那就讓她多活一晚吧。反正我們要殺的人，前面只有死路一條，除非……」

冰潔焦灼萬分，「拉登」接着說：「除非，她找那個叫阿Wing的特工和他的同事露絲，求他們保護，或者尚有一線生機。不過，我今天見她對阿Wing呼呼喝喝，兩人關係很差。看來，阿 Wing 不會幫她。」

一言驚醒夢中人，冰潔這才明白阿Wing和露絲是特工。她記起露絲曾給她一張名片，那張名片仍在手推車內。於是，冰潔打算慢慢退回手推車那兒，但她腳軟乏力，一跤坐地，只能在泥地上匍匐爬行。

冰潔放下皇族的尊貴身分，不顧弄髒黃馬褂，手傷衣破的爬回手推車附近。她回頭看看，「布殊」「拉登」仍在原位。她連忙取出露絲的名片，撇下手推車朝碼頭方向跌跌撞撞的逃命去了。

冰潔消失於昏暗的街頭，「拉登」才舉起右手，笑道：「大功告成！ Give me five！」

「布殊」聞言，也舉起右手，跟「拉登」互相擊掌。接着，他們除下面具，露出本來的面目。他們一個是阿漆，一個是阿 Ken 。

2

阿Ken甫看見我，喊道：「阿Wing，快過來。你的計策成功了，冰潔主動向露絲求救，露絲便來個順水推舟，着冰潔先替我們做恐怖分子的拼圖。現在，三幅拼圖全在這裏了。」

我漫不經意的踱進會議室，向阿Ken打個ok手勢，坐在M旁邊。M看着我，想問又不好意思問。我沒理會他，只問阿漆：「有頭緒嗎？」

「其中一人是阿卜道拉。」阿漆把一幅拼圖遞過來，說：「他正是我近日追查的國際恐怖分子，怪不得他忽然人間蒸發，原來躲進了大澳新基街村屋的地下室。」

「這個阿卜道拉什麼來路？」我問。

阿漆答：「他來自黎巴嫩，是當地一個叫『真主軍團』的反美恐怖組織的活躍分子，而那組織跟蓋達一直有聯繫。」

「又是蓋達？那個策動全球恐怖襲擊的最大組織嗎？」Ada 一臉驚惶。

我沒搭理 Ada ，轉向露絲問：「其餘兩人呢？」

露絲答道：「其餘兩人的身分尚未證實。我已把資料傳給CIA、MI5，KGB和中國國安局，請他們提供協助。」

「我們暫且稱他們作A君和B君吧。」我拿起拼圖，看了一陣子，肯定地說：「既然有了新線索，我們全面行動，儘快把他們揪出來。大家一有資料，不管詳略多寡，務請先交給露絲，由她綜合分析和整理。」

「是。」

「你可以宣布散會了。」我在桌下用右腳輕碰M的左腳。

「哦。辛苦大家了。散會。」

*　　*　　*

下午，我打過電話給姐姐，畢竟獨自在外流浪多時，現在回來了，工作縱是忙碌，也總得跟她通一次電話，報個平安。可是，姐姐不在家，接電話的是她的兒子小Ｂ。

我與小Ｂ閒談了幾句，小Ｂ告訴我，他的學習成績比去年進步了，我說請他到迪士尼度中秋作為獎勵。我以為他一定很雀躍興奮，他的反應竟出乎意外地冷淡。這情況極不尋常，正如你送Ada一枚五十卡的緬甸鴿血紅寶石項鏈，她卻把它扔在一旁，一眼不眄。要是Ada作出這種反應，你一定想到她有病；同樣地，我擔心小Ｂ有點兒不妥。正想問個明白，我的緊急通訊線路接通了。我只好終止與小B的電話交談，改接那個緊急通訊。

電話的另一端是露絲，她的聲音帶着莫名興奮。她通知我，有兩名特工在中環發現A君。

我告訴露絲不要輕舉妄動，A君若沒有異常行為，就請那兩名特工暫時跟蹤他，待我們到場後再作定奪。

3

我趕抵中環置地廣場時，附近的三條街道連我在內，共有六名特工到達支援。

我掛上仿MP3設計的通話器。

跟蹤A君的特工知會我們，A君剛步進中環地鐵站。我們分頭從不同的入口跑進去。

如平日一樣，中環地鐵站在非繁忙時段，仍然相當繁忙。每當列車到站，總有一簇簇乘客，像春風下的花蝴蝶般湧向月台、大堂，散落於大街小巷。我始終不明白，香港有多少不用上班、上學的人？怎會有這麼多人可以在辦公和上課時間在街上溜達？

「東涌線月台。」MP3通話器傳來跟蹤A君的特工報告。

我抬頭看看指示牌，下一層正是東涌線月台。我立刻奔向樓梯；此時，阿漆在左邊出現，阿Ken從右邊趕到。

阿漆穿着速遞員的制服，肩上揹着一個藍色的帆布袋，袋裏的不消說全是武器。阿Ken身穿西裝，手挽公事包，裝扮成中環常見的白領一族。我們沒打招呼，各自默然地沿樓梯直下。

「東涌線列車。」MP3通話器再次傳來報告。

我們跑至月台，列車正播放即將開行的信息，我們閃身登上車廂。

我按下MP3的通話鍵，低聲問：「哪一卡？」

「目標在列車中部，正向着車頭方向移動。」跟蹤A

君的特工回答。

我向阿Ken和阿漆打個眼色，讓我居前，他們相距五步殿後，一起朝列車中部推進。我們所經過的車廂座位約有六、七成坐滿，乘客疏疏落落的，有的挨着扶手，有的靠着車門。乘客縱然不多，但一旦開槍，人人奪路逃生，混亂的場面多半一發不可收拾。

這時候，另有兩名特工登車。她們一個假扮女祕書，一個喬裝女學生。

列車徐徐開動，通話器傳來最新消息：「目標坐下，在第七卡。」

另一個特工扮成裝修工人在第六卡就位，我和阿Ken、阿漆、女祕書、女學生則分佈於第八卡。

我吩咐道：「兩面包抄，中間刺探。」

阿Ken和女祕書聞言，繼續前行；阿Ken經過第七卡，到第六卡坐下；女祕書留在第七卡，坐在A君對面。

我繼而步進第七卡，選了一個可以清楚監視A君的位置坐下。阿漆隨後坐到我身旁。

A君穿着普通的綿質長袖T恤和牛仔褲，他皮膚黝黑，半張臉長着濃密的鬍鬚，悠閒地坐在靠近車門的座位上，腳邊放着一個露營用的灰色大背包。

我看見跟蹤A君的男女特工。他們扮作情侶，在第六卡候命。

「他打算往大嶼山露營嗎？」阿漆自言自語。

「很難說。」我道。

「要拘捕他嗎？」阿漆問。

「暫時不可。一來怕打草驚蛇，二來或可藉着跟蹤他找到阿卜道拉和B君。」我一面搖頭晃腦地佯作哼歌，一面分析形勢。

「阿Wing說得有理，大家暫且按兵不動。」通話器傳來露絲的聲音，「先看看他身上藏着些什麼。工人、女祕書、女學生，勞駕你們了。」

女學生把書包捧在胸前，工人挽起工具箱，二人分別由第八卡和第六卡走向第七卡。

女祕書同時打開手袋，取出化妝小圓鏡和唇膏，但她一個不小心，唇膏掉地，轆轆的滾到A君腳前。A君考慮兩秒鐘後，便俯身為女祕書撿拾唇膏。就在這一剎那，女學生和工人經過A君身前，各自提起內藏掃描器的書包和工具箱，為A君和他的背包作一次交叉立體掃描。A君拾起唇膏，交還女祕書，女祕書向他報以嫵媚一笑。

工人和女學生並沒有停步，他們繼續筆直地走到車門前。列車駛入奧運站，工人和女學生混入乘客中，下車離開車廂。他們第一時間找個合適地點，架起微型碟狀天線，把剛才掃描所得的數據，以微波傳送到總部，給露絲等作影像重組。

我開啟掌上電腦，預備接收從露絲那兒傳來的影像。

* * *

列車駛離奧運站，往下一站前進。

A君似乎被路軌下面的樓宇、街道吸引，側着頭往窗外看，沒把嬌艷的女祕書放在心上。

當列車駛進荔景站，我的掌上電腦收到影像了。我一看之下，不由得一愣。透視圖清楚顯示，A君的背包內藏爆炸裝置。另外，他的右邊褲袋裏還有一根手槍。

我一直想不通，香港是中國的地方，像阿卜道拉這類反美的恐怖分子，為何要在香港搞事？若然真要搞事，目標該是美國駐港領事館、美資公司等地。如今，A君携着炸彈乘坐東涌線列車，他的目標是什麼？

我們這時候要作的，已不是猜想，而是制止。

絕不能讓他傷害無辜的乘客！

我把掌上電腦挪近阿漆，他看了看，沉吟道：「欣澳站最為偏僻，人流最少，我們就在列車到達欣澳站前動手擒住他。露絲，請你聯絡警方封閉車站，以及通知消防、救護等單位，進入災難戒備狀態。」

「還要留意地鐵、西鐵、九鐵。我擔心他們仿效倫敦連環爆炸案，於同一時間襲擊各條鐵路。」阿Ken在第六卡提出意見，他也收到影像。

「知道。」露絲應道。

我說：「各位同僚，由於事態嚴重，我們要速戰速決。待會的工作分配如下，女祕書分散A君的注意力，我和阿漆負責捉人，背包交給阿Ken處理，情侶疏散兩邊車廂的乘客。」

「知道。」

我再瞥一眼A君，然後咬一下牙，輕輕說道：「動手！」

女祕書首先站起來，扭擺纖腰，風情萬種地走到A君身旁坐下，含情脈脈地向他道謝，謝謝他為她拾回唇膏，接着談談香港名勝，談談地道美食，引開A君的注意力。

我和阿Ken、阿漆、情侶開始從兩面移至第七卡，各就各位，隨時一擁而上，殺A君一個措手不及。

大家都心跳加速、神情凝斂、高度警戒，因為機會只得一次，倘若一擊不中，A君便有機會引爆炸彈。

正當我們處於箭在弦上之際——

「且住！各位，且住！」露絲突然喝止我們。

阿 Ken 停步佯裝接聽電話，阿漆蹲下繫鞋帶，情侶停在兩個車卡相接之處接吻。我距離 A 君最近，惟有站在車門前面，仰首研究貼在門頂的列車路線圖。

A 君與女祕書交談甚歡，似乎並未察覺已陷入我們的包圍網。

剛才千鈞一髮，真是捏一把冷汗。

露絲繼續說：「A 君右胳臂上方的不似手錶，我差點漏看了。給我兩秒時間，讓我放大畫面看清楚。」

吻可以多接一會，電話也可以多談一會；但鞋帶繫好了，列車路線圖差不多看夠了，露絲請你快一點，我和阿漆可撐不下去啦！

等了十秒鐘，露絲帶來新消息：「各位，A 君在右胳臂繫着一個無線遙控裝置，估計是引爆器。M 正與地鐵控制中心聯絡，着對方命令列車司機開啟車上的凌駕系統，干擾車上所有的無線通訊器，使 A 君無法在車廂內遙控引爆。故此，你們不能讓他把炸彈帶離車廂，當你們的通話器一失靈，就可動手拘捕他。」

就在此時，A君以懾人的眼神瞪着我。我站在這個位置研究列車路線圖畢竟太久了。然而，我不能突兀地走開。他一瞪，我就走開，反而無私顯見私。我只好裝傻扮懵，研究下去。

A君一一掃視女祕書、阿漆、阿Ken、情侶，以及車廂內的乘客。他或許在忖測，誰在跟蹤他？他或許在猶豫，還未到引爆的時間、地點，應否在此引爆炸彈？不過，他的左手已慢慢移向右胳臂。

論到體形及力氣，女祕書不可能制止他。

我可以飛身撲過去，一拳把他擊昏；阿漆的飛刀亦可即時取他性命。

但萬一擊他不昏、刺他不死，或者他在昏倒、斷氣之前，觸動遙控器，我們幾個不僅命喪當場，整列東涌線列車亦會爆炸、出軌，到時恐怕車上的乘客無一倖免。

他的左手快要放在右胳臂之上了。若不及時出手阻止，他一引爆炸彈便會導致死傷慘重。

不能再等了！

「動手！」我大吼一聲，搶先撲向A君。

旁邊的女乘客高聲尖叫。

A君的反應也快，他一個翻身，左手已箍緊女祕書的脖子，把她拖到身前作擋箭牌，同時，他右手亮出手槍，打算向我開火。

車廂內的乘客驚慌亂竄。

情勢驟變，我中途變招，右足後蹬，輕點車廂的金屬扶手，由向前直撲改為向右斜飛；阿漆亦配合交叉移位，閃向左側。

身影一晃而過，A君無法瞄準目標，槍嘴改而指向女祕書的太陽穴。

機會來了。

「颼——」銀光閃閃，阿漆出手了。他絕對是個機會主義者，不錯失任何一個機會。

「哎！」A君怪喊一聲，手槍落地。阿漆的飛刀插進他的右手腕，筋骨斷裂。

女祕書抓緊機會，用右肘使勁撞向A君心窩。A君掩着前胸吃痛，哈腰後退三步。女祕書擺脫了A君，便跟阿Ken合力搬開A君的背包。

車廂兩端的情侶分頭行動，迅即控制人羣，把乘客驅至前後車廂，也阻止前後車廂裏幾個好事之徒湊近看熱鬧。

我掄起拳頭，阿漆手握飛刀，一左一右的衝向A君。A君連忙挽起右手的衣袖，露出一個以鍵盤操作的遙控器。他的左手已放在鍵盤上，作勢要按鍵引爆。

他絕非嚇唬我們，我相信在情急之下，他會不顧後果地按下去。

我和阿漆立時停步。A君退至門邊，直至退無可退。他瞧瞧我，瞧瞧阿漆，相信看出我們是精明幹練的特工，落在我們手裏，他不可能逃脫。

A君發出一聲野獸般的怒吼。

「你的陰謀已經敗露。你逃不掉的，但不用緊張，萬事有商量。你若肯跟我們合作，我可以保證你的人身安全。」我希望與他談條件。除了談判，我也想不到其他對策。

列車剛巧駛至青馬大橋底部，在馬灣海峽之上高速奔馳。A君神情木然，對我的話不作回應。他似乎不想跟我討價還價。

列車車長啟動了凌駕系統沒有？即使已啟動了，那系統的干擾功能是否奏效？

A君把目光投向阿Ken身旁的背包。我暗叫不妙，但見他轉向西方，一臉慷慨就義的神色，大喊了一聲「真主呀」，然後按鍵。

我登時感到窒息。

「颼——」阿漆的飛刀再次出手，女祕書失聲驚叫。

「嘶……」通訊器發出陣陣斷線的雜音。

一切如常，列車安然駛過青馬大橋。

凌駕系統成功啟動了，也收效了。

看時，A君右胸中刀，鮮血染紅了他的T恤。他垂下雙手，沮喪地環視一周，自知大勢已去。

眾人都舒了一口氣，我和阿漆上前察看他的傷勢，他死不了。

我說道：「你放心，醫護人員很快來到。」

他掀動嘴角，臉上帶着一抹落寞的笑容。

阿漆問：「阿卜道拉在哪裏？」

A君驀地收起笑容，凝望車窗外的紅日藍天白雲，活像一頭了無生趣的喪家之犬。

了無生趣？不行！

「喂，你別胡來！」我欲點他穴道。可惜，還是晚了一步，他的顎骨一動，已咬碎藏在口腔裏的東西。

4

「就是這兒了。」阿漆把車子停在尖沙咀重慶大廈附近。

我接通露絲的直線電話，說：「我們抵步了，情報組的特工在哪裏？」

「他們分成兩小隊，一隊扮作電話公司維修人員，在重慶大廈外面監視。」露絲在電話另一端應道。

「我看見了。他們在行人道上架起帳篷，耽在裏面。」

「對。另一隊已進入那所賓館調查。他們剛向我報告，證實Ａ君獨自租了一間套房。」

「只有Ａ君一人？」

「是的。」

「有沒有把Ｂ君和阿卜道拉的拼圖給賓館職員看？」

「有。但賓館職員表示，沒見過他們。」

「特工可有進入Ａ君的套房調查？」

「尚未。」

「請你叫他們暫時撤離，讓我和阿漆先行搜尋一遍。」

「沒問題。」

我和阿漆推門下車，走進重慶大廈。大廈內廉價賓館林立，住了不少世界各地的自由行旅客，A君混在其中，的確容易掩人耳目。

話說回頭，一小時前A君在東涌線列車上咬碎口中的氰化鉀膠囊，立時斃命。我們套不到他半句口供，只能從他身上尋找線索。他身上有一張賓館的名片，我們假設這賓館是A君離開大澳後的落腳點，於是追查至此。

在賓館門外，我們跟情報組的特工碰面。小隊長告訴我們，A君的房間在走廊盡頭，我請他們先往樓上樓下的賓館打聽B君和阿卜道拉的下落。阿漆向賓館老闆要了A君那間套房的門匙，我們走到廊子盡頭，準備開門。

我一時心血來潮，從後問阿漆：「你跟露絲的感情進展如何？」

「嗄？」阿漆幾乎拿不穩門匙，「在這地方、這時間，問這問題，你真是的！」

「也不是什麼壞事，這毋須在盤問室進行吧？」

阿漆扭開房門，不情不願的吐了一句：「若即若離吧。」

「所謂女人心，海底針。露絲這女孩子，點子多多，有時頗難了解。不過，你不用灰心，她沒拒絕，便代表你還有機會。」我拍拍他的肩頭，多問一句：「你們有約會嗎？」

「上個月，她約我談中東恐怖分子的事……」

「不是公事的約會呀！是私下約會，兩個人逛街、吃飯，不談工作的那一種。」

「街上人多車多，有什麼好逛……飯天天都吃……不談工作，還有什麼話題……算了，算了，辦正事要緊。」阿漆逃入房內。

我隨後，心裏暗罵他是塊「又大又笨的木頭」。

進入房內，首先吸引我們的是茶几上的筆記本電腦。我不顧別的，立即坐在茶几前面，嘗試啟動電腦。阿漆分頭搜查，拉開衣櫥，查看Ａ君的衣服。

電腦啟動，畫面張開一個登入密碼的視窗。

「你身上有破解密碼的磁碟嗎？」我問阿漆。

阿漆同時也問我：「你身上有證物袋嗎？」

我們相視一笑。

阿漆從衣袋取出一片磁碟，我從背包取出一疊證物袋，互相擲向對方。我接着了，阿漆接不住。其實只怪我不好，沒留意有一扇窗子沒關上，恰巧一陣風吹進來，把證物袋吹散了，散落房內好幾處。

阿漆聳聳肩，蹲下逐一撿拾。

「噢，對不起。」我向阿漆賠不是，「風真大。我自問手勁不弱，但人力終究敵不過大自然。」

「這個當然。我從不相信『人定勝天』這類誇誇之談。」阿漆停下來，若有所思。

我問：「露絲曾在阿拉伯沙漠接受訓練，又曾派往伊拉克執行任務。你和她跟進中東恐怖分子的事，當中有何發現？」

「中東國家大部分信奉伊斯蘭教，她們屢受外國入侵，無法放下多年恐懼被蠶食的包袱。她們反美，因為美國把她們妖魔化，稱她們收藏核武、威脅全球安全。實情卻是，中東地區的政府武器不足，為了抵抗別國入侵，便把戰爭演繹為神聖，用生命來與列強對陣，最終受苦的卻是平民百姓。」

我把磁碟插進電腦裏，歎氣道：「當中牽涉的與其說是信仰，不如說是政治和經濟利益。」磁碟內的程式開始運作。

阿漆頓了一頓，接着說：「恐怖分子倒相信，烈士會上天堂。」

「嘎？」

「恐怖襲擊強調的犧牲精神，是進入天國的鑰匙哩！」

「進入天國也要鑰匙嗎？真生跟我講過，《聖經》表明了信耶穌的人，只要口裏承認，心裏相信，就必得救。」

阿漆淡然地說：「A君按鍵引爆那刻，喊了一句『真主呀』。我一直在想，如果有神，祂會不會認同A君的恐怖襲擊？」

「他口中的神，一定不是基督徒的上帝，就我對《聖經》的認識，上帝不會傷人害命的。正如姐夫教會門外掛着的那個金句牌匾——『神愛世人』嘛。」

「你錯了。基督教的神，殺過不少人哩！例如祂為了讓以色列人在迦南定居，不惜殺盡當地居民。你沒有讀過舊約嗎？」

「吡——」密碼破解了。

「我較愛讀詩。老實說，我讀《聖經》不多，尤其是舊約。」我開啟筆記本電腦的「檔案總管」，「舊約所記的多是儀式、律法、數目，太沉悶了。所以，我只讀新約。」

「有人說，舊約裏的上帝，時而友善，時而兇惡，自相矛盾，不是毫無道理。」阿漆好像對這個話題蠻有興致。

我的《聖經》知識有限，一時無言以對，姐姐定可給阿漆一個合理的解答。

我大略看過電腦裏的檔案目錄，沒甚發現。我把雙手交疊腦後，仰起頭，心想，A君沒可能帶着一台只有一般檔案的電腦，千里迢迢來到香港，除非他把重要檔案刪除，或另存磁碟。

阿漆在牀邊拾起最後一個證物袋，忽地叫道：「咦，牀底有古怪！」接着，他挪移睡牀。

「有什麼發現？」我從沙發跳起來，上前幫忙。

我們把睡牀扛開，發現有一塊柚木地板較其他的高出三毫米。它似乎被人挖出，再放回原位。阿漆用原子筆桿挑開那塊地板，原來下面藏着一片拇指碟。

「終於找到了。」我拾起拇指碟，把它插進電腦的「USB連接埠」，按鍵開啟檔案。

阿漆笑道：「說到底，若沒有那陣風，我們或許找不到這拇指碟。因此我從不否定，冥冥之中自有一位主宰。」

拇指碟的檔案共有三份。

第一份是製造遙控炸彈的方法，資料圖文並茂，非常詳盡。若按照檔案所提供的方法，又找到合適物料、再肯多花時間，即使門外漢也能製造頗具殺傷力的炸彈。

其餘兩份檔案則是從電子郵件抄錄下來的文件，可惜只有收件人的電郵地址，寄件人的資料已被刪掉。一份是在地鐵站放置炸彈的策略；另一份是東涌線沿途各站的資料，包括由中環站直至欣澳站沿線所經過的主要建築物和街道。

「怪不得A君在列車上一直注意窗外的建築物，大概他第一次乘東涌線列車，想藉沿途的地標確定所處的位置。」我道。

「為何不是由中環站至東涌站？」阿漆問。

「目的明顯不過了，他的目標是欣澳站。他要炸掉欣澳站！」

「由中環至東涌共八個車站，他為什麼選欣澳站下手？」

我搖頭道：「這問題真難回答。」

「這世代恐怖分子的意識形態，實在難以捉摸。一個世紀前奉行恐怖主義的，多半是革命或無政府主義的個人或組織，例如北愛爾蘭的分離分子、意大利的右翼恐怖集團。可是，恐怖主義發展至今，已演化為一些無法預測的、奉行自我道德觀的活動。恐怖主義者到處破壞，以蓋達的組織為例，他們的目標是對抗所謂腐敗、暴虐的非伊斯蘭世界，他們發動的鬥爭是全球性的。」阿漆的神情有點無奈。

我緊皺着眉頭，說：「然而，恐怖分子的本質卻是百年不變，都是大量殺害平民，製造恐慌。所以，我不管那個阿卜道拉是左翼、右翼、前鋒抑或後衞，我一定要揪他出來，折了他的翼，拆了他的炸彈，打掉他的大牙。」

「說得對！那麼我們把電腦交給露絲分析，說不定跟別的情報配合，互相印證，便會猜出端倪。」阿漆附和道。

「就此決定。」我闔上電腦。

阿添撥電話給露絲，說我們找到A君的電腦和一些重要檔案，現在啟程回總部，並請她通知情報組的特工，可以進入套房繼續搜查。

*　　　*　　　*

離開賓館時，我想起阿添從沒接觸教會，他對《聖經》的認識哪裏來？

「你忘了我在大學修讀什麼專業嗎？」

「機械工程？」

「當然不是，我讀歷史的。歐洲的歷史和文化源自基督教，舊約聖經是大學必讀的材料。」阿添掏出車匙，按鍵關掉車子的防盜系統。

坐進車廂，我聲調　沉，認真地說：「你和她的首次約會，應該在西式餐廳裏。」

「嘎！你又胡扯什麼？」

「首次約會對男女雙方都意義重大。你應選一間羅曼蒂克的餐廳，開一瓶波爾多紅酒，在餐桌上燃一根蠟燭。不過，最重要的是兩杯清水。你要在有意無意間把你和她的水杯放在一起。水象徵生命，她若願意兩杯水放在一起，即暗示……」

「夠了，夠了。我要專心駕駛。你快給我閉上嘴巴，別打擾我。」阿漆一臉忸怩。

阿漆打暗器的功夫獨步天下，手揮目送，揮灑自如。可是，追求女孩子卻拖泥帶水，顧慮多多。

敢愛敢恨，才是男兒本色。我本想揶揄他幾句，但想到自身景況，唉！永遠都是批評容易，我還是閉上嘴巴好了。

「呼——」阿漆加速，車子飛快駛離尖沙咀。

Ⅳ 全城大偵緝

引「蛇林」香姑出洞、

重慶大廈重重追蹤，

執行極速任務……

1

調查工作猶似剝洋葱。

最外面的一塊，是毫不起眼、沒法看透、色彩深沉的保護層。要剝開這片保護層，真相才能逐漸顯現；愈剝下去，就愈加透徹，也愈接近核心。不過，剝洋葱的人也得小心，因為多剝幾層，它便會作出反擊──令人流淚。所以，負責這項任務的人，要講求細心、動作敏捷、忍耐力強。在我認識的人當中，最適合的人選，首推情報組的皇牌特工露絲。而我的強項，則是執行最後的工序。當露絲把剝好的成果交給我，我便來個手起刀落，斬斬切切，然後將它「一鑊熟」。

如今，我們的洋葱剝得愈來愈接近核心了。

露絲的組員在荷蘭鍥而不捨地追查，終於得到回報。他們覓得證據迫使廖平承認與人蛇集團有關，那村屋地下室正是窩藏人蛇的地點。蛇頭利用漁船把人蛇由廣東沿海一帶偷運到大澳，再轉乘遠洋貨輪至歐洲。

另一個令廖平說真話的原因是，他二十六歲的么兒廖武近日失蹤了。廖武約在一年前結交了一個埃及人，他向家人說跟對方合作幹大事。

三個星期前，廖武由荷蘭偷運一些重要的材料返港，之後便與家人失去聯絡。露絲把阿卜道拉、Ａ君和Ｂ君的拼圖傳到荷蘭，廖平一眼便認出Ｂ君。

露絲在長途電話裏，向廖平說明在大澳新基街村屋的地下室找到一具男性腐屍、TNT炸藥，懷疑Ｂ君極可能是恐怖分子。廖平的反應既震驚又悲傷。雖然我們尚未證實那具屍體就是廖武，大家卻是心裏有數。

廖平還向露絲透露，廖武失蹤前，曾聯絡香港的蛇頭，查問大澳地下室的事。

那個蛇頭或許是另一塊洋葱皮。由於對方並非善男信女，我笑說不能讓阿漆的心上人冒險，因此我和阿漆擔起剝這洋葱皮的任務。

*　　*　　*

據情報顯示，那蛇頭是個中年女人，江湖中人都稱她「香姑」。香姑住在上水一幢豪華別墅，別墅樓高三層，前後花園種了不少椰樹，外圍築有兩米高的圍牆，門禁深嚴。

由於此行目的跟偷運人蛇無關，我們並沒知會警方，也沒打算拘捕香姑。我們只向她打聽關於廖武和B君的消息，因此也沒携帶武器，以示並無惡意。

*　　　*　　　*

按響門鈴，鐵閘上的保安攝錄鏡頭鬼鬼祟祟的對準我們。操控鏡頭的人觀察了好一會，鐵閘上的對話裝置傳來沙啞的聲音，粗魯地喝問：「你們找誰？」

「我們找香姑。」我語調平和地道。

「什麼事？」

「為了荷蘭的……」

「唏！你們終於來了。香姑等候多時哩！」那人突然變得很友善似的。

未幾，鐵閘「轟」的一聲打開。一個五十來歲的駝子站在閘後，臉上堆滿難看的笑容，說：「兩位請跟我來。」

這是什麼葫蘆賣什麼藥？我和阿漆互望一眼，心中已有默契，暫時不動聲息，且跟駝子進內，看他玩什麼把戲。

駝子領我們穿越前花園，再由屋旁的小徑繞到後花園。他說香姑在戲水，我們要到泳池找她。小徑通往泳池，泳池長約五十米，呈橢圓形。一名身上僅穿豹紋泳褲的彪形大漢站在小徑盡頭作守衛。

泳池另一邊的椰林樹影底下，一個渾身贅肉的女人挨坐在長椅上。看來她就是香姑了。

我們走到大漢跟前，駝子停下來，道：「請兩位稍等，我先跟香姑通傳一聲。還有，循例搜身，請勿見怪。」說罷，他逕自走到香姑身旁，單膝跪下，跟她耳語一番。

彪形大漢向我們擺擺手，示意要搜身。

「我們沒武器。」我合作地舉起雙手，然而，我沒告訴他，我和阿漆就是一根指頭也極具殺傷力。

大漢在我們身上搜不到什麼，便准許我們前行。

我們沿着池邊望香姑走去。八位鬈眉壯漢在池裏碧波暢泳，乍看來，像八尾大錦鯉游來游去。忽地，香姑把一顆青葡萄扔進水裏。八位壯漢見狀，即如狗吃屎般擁向那顆載浮載沉的青葡萄，張口搶吃，逗得香姑開懷大笑。

「反胃。」我咕嚕。

「看了也要滴眼藥水。」阿漆也咕嚕。

待我們走近，香姑朗聲道：「兩位遠道而來，未克迎迓，還望恕罪。賞臉吃一顆葡萄吧。」

我笑說：「不用客氣，我對葡萄過敏，吃了會胃痛。」

「那麼，過來伴我坐下，有話慢慢說，嘻嘻。」香姑指着她右側的空椅子。

「她喚你過去坐。」我推阿漆上前。

「不，她明明叫你。」阿漆反手旋肩，暗地裏打出一式「十八相送」，把我擠向香姑跟前。他真毒辣，連點我十八個穴道，逼我就範。

「來吧，帥哥兒，不用害羞。」香姑張開血盆巨口，露出一排黃黃黑黑的「煙屎牙」。

我嚇得全身上下起了雞皮疙瘩，慌忙吐納運氣，沖開被封的穴道，並使個「老樹纏根」，後足拚命勾牢阿漆的前足，半步也不讓自己移近這個可怕的女人。

「好啦，好啦，你們不用爭，不用擠。來人呀，快多搬一張椅子放在我的左邊。他們一人一張，免傷和氣。」香姑以為我們爭着坐在她身旁，樂得放浪形骸。

「是。」駝子應了一聲，趕忙跑去搬椅子。

「你們，誰先坐？」香姑嬌聲問道。

「我先坐。」我用腳跟把椅子蹬後三吋，一屁股坐定。

駝子搬來另一張椅子，貼着香姑的長椅放下。阿漆已別無選擇，惟有硬着頭皮坐下。

「你的肌肉看來很結實哩！」香姑笑吟吟地瞧着阿漆的胸膛，「那個韓國男明星阿Rain的胸肌有四十吋，你的多少吋？」

「韓國男明星怎及『香港型男』！他叫阿 Wing，名字發音不但跟阿 Rain 相近，而且同樣能歌善舞。」阿漆利用我轉移香姑的視線。

阿漆，你這臭小子！我自問是個無賴，想不到你比我更無賴。出去之後，我一定狠狠揍你一頓。

香姑湊過來，說：「你要表演一下唷。要是唱得好，跳得妙，我賞你吃士多啤梨。」

「唱歌、跳舞，不難。」我乾脆從椅上彈起，「但不是現在。我們談妥正事，再尋消遣。」

「有意思，夠爽快，我喜歡。」香姑坐直身子，「好，你想要多少人？」

「我只要一個人……」

「什麼？哈！一個人？」香姑訝然失笑，「你們老遠跑來，只為要一個人！我每次落船的，多則一千，少則一百。一個人，你不是開玩笑吧？」

「我只要一個人的消息。」

「誰？」

「廖武。」

香姑忽地跳起，嚷道：「你們不是從荷蘭來的買家！你們是什麼人？」

「特工。」

「來人呀！逮住他們！」香姑高聲召喚手下。

泳池裏的八名壯漢相繼躍出水面，連同那名守衛一起向我和阿漆衝來。

「阿漆！」我虎吼一聲，一個退馬，鞭拳旋身而出，重重的擊在身後的一株椰樹之上。椰樹中拳，卻也不搖不晃，樹頂的五顆椰子被我硬生生擊落。

阿漆心領神會，縱身而起，出手如電，不待椰子墜地，隨接隨擲，把五顆椰子一一擲向眾人。

「哎喲……」最前頭的五人瞬間被阿漆的「椰子暗器」打昏；後頭的四人，頓時猶豫起來，及至他們看見樹上已無椰子，才敢放膽再攻。

沒椰子，還有我。我雙掌一揉，騰身突入四人當中。但見雙拳迎面轟來，這等庸手，我也懶得擋格，隨意使出半式「八方風雨」，雙腳連環踹出，後發先至，把身前兩人踢翻。身後兩人未及回身，已被我反手抓中腰間氣門，我掌力一吐，他們隨即仆倒地上。

我和阿漆輕描淡寫，便收拾了九名打手，香姑和駝子無不駭異。

一陣急風吹來。風中，阿漆雙手握拳，陡地大喝一聲，道：「屋內還有打手嗎？一併叫來吧！」

風過後，駝子霍然跳出，擋在香姑跟前，聲嘶力竭地喊道：「香姑，都怪我不好，一時老眼昏花，錯認他們是荷蘭來的買家，引狼入室。為了將功補過，我拚了這條老命，也要……」

香姑感激流涕：「好，好，不枉我養你二十年……」

豈料，駝子接着說下去：「也要為你找救兵。你在此撐住，我返回屋裏打電話。」

「水果盤旁邊有一部手提電話噢。」我提醒他。

「這裏位置不佳，接收不清，我習慣使用固網電話。」駝子一溜煙似地跑掉。

香姑看左看右，只剩下她一人。

我和阿漆劈劈啪啪的按響手指關節，一步一步趨前。

香姑「哇」的一聲喊叫，倉皇間雙膝跪地，一面叩頭，一面抽泣道：「不要打我，我願意合作了……廖武是我在荷蘭的生意伙伴——廖平的兒子。我跟廖平口和心不和。我跟廖武不大相熟，廖家的事我所知不多。廖武約三星期前和一個男人來找我，說要使用大澳的地下室辦點事，他囑咐我一個月內不要到那裏打擾他們。我問他到底幹什麼，他怎也不肯說，只說事成之後，請我吃鮑翅乳豬宴。我再三追問下，他趁那中東男人上廁所，才肯透露少許。他說一家跨國大企業將於香港開業，他們預備在大企業開張當日，勒索對方大筆金錢。我知道的就這麼多。」

「還有沒有隱瞞？」我惡狠狠地瞪着她問。

「沒有。」

「抬起頭來。」阿漆打開B君的拼圖，「認一認，是否這個中東男人？」

「對，就是他。」

「你肯定嗎？」

「百分百肯定。」

我對阿漆說：「差不多了。」

「我們走吧。」阿漆收好拼圖，轉身便走。

我取出手提電話，邊走邊致電露絲，告知她可以把香姑的檔案轉交警方跟進。

露絲也告知我兩個新消息：首先，DNA的核對結果證實，地下室的屍體就是廖武。廖平利用地下室偷運人蛇，傷天害理，最終禍及兒子，可算是應有此報；其次，A君和B君的身分亦得到證實。A君叫阿里，是美籍阿富汗人，屬宗教狂熱分子；B君叫庫薩，是埃及科學家，曾在開羅大學教授化學。

如今阿里已死，剩下阿卜道拉和庫薩。他們在香港人生路不熟，失去廖武這根「盲公竹」，他們能躲在哪裏去？他們手上還有多少個炸彈？

我們登車後不久，姐姐給我電話，說她煲了青紅蘿蔔牛腩湯，我若有空，可到她家喝一碗。

「一碗不行，起碼三碗！」我說，「我半小時內趕到，請先為我舀一大碗。」

阿添深知我和姐姐久未見面，也贊同讓我開一陣小差。至於M方面，阿添着我不用擔心，他回總部胡亂作個藉口，M不會深究。

2

半小時後，我坐在姐姐家中的飯廳。姐姐把一碗熱騰騰、香噴噴的青紅蘿蔔牛腩湯端到我面前。

湯要趁熱喝，我朝湯面吹了幾口氣，稍稍降低溫度，便小口小口的呷着熱湯，再吃碗底的牛腩、蘿蔔，還有南北杏、蜜棗，一滴不留，一件不剩。

「一碗不夠，再添一碗吧。」姐姐笑着為我添湯，勸我慢慢喝，慢慢吃，小心燙傷噎着。

美食當前，吃和喝最要緊，燙和噎已屬其次。如是者，我連盡四大碗湯，肚子脹鼓鼓的癱在沙發上小歇。

姐姐坐在我身旁，問我近況如何。我告訴她耳鳴的事，卻沒提及金大芝和蠱毒的事（詳情請閱《再見真生》、《諜變密令》及《鴉殺》）。姐姐一直留心聽我憶述前事，之後，她打開名片盒，挑了一張耳鼻喉專科醫生的名片給我。她說這醫生是教會的會友，醫術高明好心腸，定有辦法治療我的耳鳴；即使治不好，他也會給我意見，防止耳鳴惡化。

這時，電視機播放着新聞特輯，恐怖組織蓋達成員為 7 月導致數十人死亡的倫敦連環爆炸襲擊，承認責任。他威脅道，為報復美國的政策，他會以同樣的方式回應，西方國家將會有「更多災難」。

我忽然想起阿漆的提問，跟姐姐說了，還加上一句：「姐姐，上帝會認同恐怖襲擊嗎？」

「上帝是公義慈愛的，祂一定不喜悅流無辜人的血。

我不認為每個伊斯蘭教徒都是好戰分子。與其說宗教賦予人戰爭的力量，不如說野心分子扭曲了信仰的意義吧。不過，基督教的確有一種力量……」姐姐向我微笑，並溫柔地說：「愛人的力量啊！」

「那麼，上帝是怎樣的神？在舊約時代，祂是不是兇得很？」

姐姐在書櫥裏拿出一本《和合本聖經》，掀開〈申命記〉第九章四至五節，把上帝領以色列人進入迦南地，並滅絕迦南民族的一段給我看：

耶和華你的神將這些國民從你面前攆出以後，你心裏不可說：「耶和華將我領進來得這地，是因我的義。」其實耶和華將他們從你面前趕出去，是因他們的惡。你進去得他們的地，並不是因你的義，也不是因你心裏正直，乃是因這些國民的惡。

「阿 Wing ，我讀舊約的時候，只看到當人道德淪喪到不可救藥的地步，不論什麼民族都會惹來上帝的震怒。祂的刑罰，人當然承擔不起，因此覺得上帝兇殘，卻不深究因由。」姐姐稍頓，再說下去，「上帝公平公正、聖潔忌邪，祂不會無故傷人。祂是宇宙的審判者，人的罪惡都顯在祂的面前，人最終也要接受祂的審判、懲罰。但另一方面，上帝也是慈愛，滿有憐憫的。當人無法靠自己的能力離罪歸正時，祂就為世人安排耶穌基督死在十字架上，作我們的救贖。」

姐姐翻到〈以賽亞書〉第五十三章五節，念道：「『他為我們的過犯受害，為我們的罪孽壓傷；因他受的刑罰，我們得平安，因他受的鞭傷，我們得醫治。』」她解釋道：「只要誠心悔改，信靠耶穌的人便可承受救恩。」

我聽得入神，上帝的救贖法，真是人怎也想不出來！

看看腕錶，是時候回總部了，我向姐姐告辭。

*　　　　*　　　　*

五分鐘後，我在電梯大堂遇見補課回家的小Ｂ。

自從上次跟小Ｂ通過電話，我一直不放心，難得今天相遇，雖然時間匆忙，我也拉他到附近的快餐店聊聊天，問他為什麼不想到迪士尼玩。就我所知，實在找不到讓青少年人拒絕迪士尼的理由。

小B啜了一大口可樂，侃侃而談：「我對迪士尼有四大反感。首先，迪士尼剝削發展中國家的工人權益。根據勞工組織的調查，現時迪士尼玩具都在發展中國家生產，例如，他們僱用中國內地工人，工資低、工時長、工作環境惡劣。以一件售價100元的迪士尼玩具計算，迪士尼公司賺取75元，工廠賺取24元，工人只獲得1元。我覺得迪士尼簡直是謀取暴利。最近迪士尼不僅剝削工人，更剝削小童哩！她借義工之名，邀請一百名六至十二歲的小童拍攝開幕日的宣傳片，但她要求家長簽署苛刻的條件，包括早上六時自行前往公園集合，自備食物，不能與卡通人物合照，小童若有損傷也不能追究。由此可見，迪士尼毫不關心小孩的感受，反利用童真販賣夢想。」

「迪士尼是香港政府的一大投資啊！」我嘗試插嘴。

「是的，然而興建迪士尼主題公園，香港政府投資

230億，才擁有57%沒投票權的B股；相反，迪士尼公司投資23億，卻持有43%具管理權和決策權的股份。而且，政府為了玉成其事，特別優待迪士尼填海可免補竹篙灣的地價、不用交地租，更動用20億興建迪士尼線鐵路。這絕對是不平等的交易！」

「迪士尼能振興香港旅遊業，或許長遠的回報十分可觀哩！」

小B哼了一聲，說：「為興建迪士尼，政府在蒲台島挖沙，填海200公頃，嚴重破壞了蒲台島和竹篙灣的海洋生態。竹篙灣海底本藏着古代中國商船和文物，但由於趕工興建主題公園，都來不及搶救打撈哩！」小B愈說愈咬牙切齒，「迪士尼全球化是一種文化侵略。由1955年的加州，至2005年的香港，迪士尼陸續在世界主要城市建立主題公園，無論動畫、玩具、電影、圖書、媒體，都散播着帝國主義的意識形態，荼毒年輕的一代。」

我一面聽，一面啜飲紙包奶。小B談過迪士尼的四大罪行，我的紙包奶剛好啜光。

青少年階段是人生的叛逆歲月，我也曾年輕過，所以我明白。小B的確長大了，不再是思想單純的小孩。我咬着吸管，思索如何開導眼前這個又反叛又偏激的外甥。怎料，紙包奶跟牛腩湯混在一起，肚子開始有些攪動，大大影響思考能力。我一心只想找廁所，只能老成持重地拍一拍小B的肩頭，說：「年輕人不能過度偏激。」

「我已不算偏激了。」小B氣定神閒地說：「如果我偏激，就拿個炸彈去炸掉迪士尼。」

對！我一拍桌面，衝口而出：

「**就是炸掉迪士尼！**」

小B伸一伸舌頭，先偷看鄰座食客的反應，然後又詫異又擔心地瞧着我，調皮地說：「阿Wing舅舅，不要過度偏激的該是你哩！」

我也伸一伸舌頭。

我沒有失言，我說真的。小B一言驚醒夢中人。

V912 反恐任務

卡通人物正邪難辨，

特工組織傾巢力挽大災厄……

1

恐怖分子襲擊的目標是香港迪士尼主題公園。

我推斷日期是 2005 年 9 月 12 日，即香港迪士尼開幕當天。

所謂連環爆炸案，是指恐怖分子於同一時間以炸彈襲擊不同目標，或者於不同時間襲擊同一目標。兩種案件，皆有先例可援。

阿里炸欣澳站是第一波，至於第二波，則是在迪士尼開幕日來一次更大規模的攻擊。

我估計，他們至少計劃了一年。阿里大概懷着目的去結交廖武，後來他們看中廖氏家族的走私資源，便利用廖武偷運製造炸彈的材料進入香港，又利用大澳的地下室製造炸彈。幾乎可以肯定的是，廖武並非恐怖分子，參與只為錢財。也許庫薩哄騙他，也許他誤解庫薩的意圖，總之廖武幫了恐怖分子一個大忙。

廖武落得死無全屍的下場，或者因為恐怖分子製成炸彈，認為廖武已無利用價值，便想殺人滅口。又或者廖武後來知悉恐怖分子的圖謀——他們不是求財，只為害命，廖武惟有告密以尋求保護。

不管這兩個猜測，何者較接近事實，廖武最終難逃劫數。

我翻查過電話記錄，廖武最初聯絡警方，警方的接線生聽見案件跟恐怖襲擊有關，本想把電話轉到特工組織的情報組，卻誤轉至M的辦公室。M恰巧出外開會，電話由Ada接聽。Ada趕着下班，便敷衍廖武幾句，隨便寫下地址，說會有特工找他。如此耽延了十二個小時，M才通知我去找廖武。

如果特工早些尋得廖武，除可救他一命外，或已成功拘捕了阿卜道拉等人。如今，一切為時已晚。

你或會懷疑，一個講求效率和系統的特工組織，怎會犯上這種錯誤。但我告訴你，任何大機構、大組織都存着漏洞：有人為的，也有制度造成的。有人的地方就不完美，犯錯總無法避免，得與失的分野，在於犯錯後能否即時補救，轉危為機——這正是特工組織的強項。

恐怖分子以為毀屍滅迹，便可延緩我們的追查。可是陰差陽錯，竟讓冰潔認得他們。全憑冰潔的拼圖，阿里首先曝光，我們及時制止他發動第一波攻擊。

露絲把阿里的拇指碟交給武器大師Q分析。Q看過檔案，認為阿里等人打算製造三個炸彈，每個炸彈的分量跟阿里的背包炸彈相若。足以將欣澳站炸成焦土。現在已拆掉一個炸彈，還有兩個。換言之，阿卜道拉和庫薩或會一人揹一個炸彈進入迪士尼。

我如此推斷，雖不中亦不遠矣。

*　　　*　　　*

香港迪士尼開幕是舉世盛事，各項宣傳鋪天蓋地，門票一早沽清，酒店一早超額預訂，嘉賓、旅客從世界各地而來，爭相赴會。我們只憑一個推斷，實在難以令迪士尼臨時煞車，改期開幕。要是人家問：不在9月12日舉行，那麼該延至何時開幕？我們根本答不上。除了阿卜道拉和庫薩，沒有人知道炸彈在什麼時候爆炸。

為今之計，我們決定全面進駐迪士尼，接管主題公園的保安工作，做到滴水不漏，不讓阿卜道拉等人有機會下手。

畢竟我們是特工，不是「衞生幫」，要進入主題公園辦事，迪士尼方面不敢說不。

由於國家副主席和行政長官會在當天主持開幕典禮，我們便把現場的安全狀況告知國安局。

一如所料，國安局的反應較我們樂觀。一來，一直威脅中國政府的恐怖組織，並非源自極端伊斯蘭的武裝勢力；二來，國安局的情報線眼，沒收到有人計劃在香港謀害國家領導人的消息；三來，我們的推斷也欠缺情報和證據支持。故此，開幕典禮還是如期舉行了。

不過，為安全計，國家領導人出席期間，國安局人員也同時執行一級戒備。

萬眾期待的開幕典禮在9月12日正午十二時十分開始。主題公園在下午一時正開放，供市民入場。

現場氣氛外弛內張，各保安單位嚴陣以待。國家領導人由國安局特工貼身保護，政府官員和嘉賓的安全由

G4負責。我們組織的特工和保安局的便衣人員，散佈公園四周，只要一發現阿卜道拉、庫薩或其他可疑人物，便立即拘捕。M和露絲則坐鎮迪士尼的保安中心，負責協調和指揮工作。

遊人毫不知情。他們甫進公園，便拉着卡通人物合照，然後從地圖上找出通往心儀遊戲點的路徑，飛越太空山啦、巴斯光年星際歷險啦、太空飛碟啦、明日世界啦、泰山樹屋啦、森林河流之旅啦，玩罷一個遊戲，便跑去輪候或預約另一個。眾人在公園裏跑來跑去，樂而不疲。他們心裏所想，口中所談，不是用死光槍射倒索克天王，就是在非洲河流遇上狂風巨浪，或乘坐蜂蜜甕穿越百畝森林。從來沒有人會想到，這片夢一般的樂土竟隱藏着炸彈威脅。

正如國家副主席所說，迪士尼樂園永遠成為香港市民的嘉年華。人們花295元購買一張門票，為的就是尋求等價，甚至超值的歡樂，乘興而來，當然要盡興而返。

今天，我們的責任就是保障每個遊人平安而來，平安而返。

我被安排在正門入口處監視進場的人。一般遊人入閘後，只會在此停留片刻，拍幾張照片，便匆匆到處遊玩。如果我在這兒停留，又無所事事的話，定會惹人懷疑，所以露絲為我安排一個前所未有的扮相——裝成跳跳虎，與其他在閘口歡迎遊人的卡通人物站在一起。

我穿上跳跳虎「公仔衫」，戴上頭套，貼上尾巴。每個進場的人都不禁瞧我幾眼，或者挽着我拍照。這樣，任何可疑人物經過，都逃不過我的視線範圍。

*　　　*　　　*

我身後的人造小山坡上，有一個由花草砌成的米奇老鼠標誌。米奇的輪廓線條很簡單，由兩大一小的圓形組成。這組圓形在迪士尼範圍隨處可見，包括由欣澳站至主題公園列車上的車窗和扶手。華特．迪士尼一生抱持的信念，是「以嶄新、有趣的方式，做一些能使人快樂的事」。本來平平無奇的三個圓圈，經他的畫筆一勾，便成了風靡全球的標誌。

1928 年 11 月，華特・迪士尼事業受挫，沮喪地從紐約乘火車回家。他凝望窗外，突然想起常在畫板上走過的一隻小老鼠。他靈機一動，拿起紙筆，把骯髒、惹人討厭的「過街老鼠」，重新繪成一隻長着大耳朵的可愛老鼠。他本打算叫牠 Mortimer Mouse，後來接納妻子的意見，把牠起名為 Mickey Mouse。

從華特・迪士尼這個軼事，我們至少可印證兩句名言。第一，「文窮而後工」；第二，「聽老婆會發達」。

米奇老鼠令華特・迪士尼夢想成真（建立他的「童話王國」），也令世人夢想成真（置身「童話世界」）。迪士尼世界沒有露宿者、乞丐、妓女，這裏的愛情也是單一王子公主式的。單純的臉上掛滿笑容，就能掩蓋真實世界的問題嗎？

嘩，又來了！這次是一家五口，有大有小，有男有女，嘻嘻哈哈的飛身而上，熱情得近乎瘋狂地擁着我拍照。我被他們擠得趔趄，若非我的馬步夠穩，早被他們推倒哩！

不知道他們有否想過，跳跳虎頭套裏的是個什麼模樣的人？如果我是個猥瑣醜男，他們還願意跟我親近嗎？

與一家五口拍完照片，接着是兩個說日文的少女。她們輪流勾着我的手拍照。「你們家鄉沒有迪士尼嗎？東京迪士尼佔地比香港大，機動遊戲比香港多，幹嗎跑來香港玩人擠人！」我嘀咕。

「阿 Wing ……」耳機傳來露絲的聲音，「你真是艷福不淺啊！」

「我剛才跟那雞皮鶴髮的阿婆拍照哩！現在算是打個和吧。」我低聲道。

「嘻嘻，言歸正傳。保安局的人通知我們，一小時後，他們會撤走一半人手。」

「什麼？先前，國安局的特工已隨副主席離去。現在，官員、嘉賓一走，G4也跟着撤離。遊人這麼多，保安局的人員減半，這會讓恐怖分子有隙可乘。」

露絲歎道：「沒法子啊！他們一開始就對我們的推斷半信半疑。願意動員這麼多人手，也是由於開幕典禮冠蓋雲集，他們不怕一萬，只怕萬一。典禮完成後，他們撤退也是正常。到了這個地步，我們得靠自己的實力了。」

「等了這麼久，阿卜道拉也未見人影。也許他們跟阿里失去聯絡，欣澳站又沒如期爆炸，知道事敗，不敢冒險行事了。」我悄聲應道。

「恐怖分子的心態不同一般罪犯。有時他們明知警方佈下天羅地網，為求引起騷動，仍會不惜同歸於盡，例如在身上繫着炸彈衝向警崗。我們仍要提高警覺。」

「露絲說得對。」扮成巴斯光年的阿添，在美國小鎮大街那邊透過無線電附和道：「這時候，我們更加不能鬆懈。」

阿添和露絲的口徑愈來愈一致了。

「說起來，我真的要鬆懈一下。」我向觀光列車站下面的唐老鴨招手，「阿 Ken ，你過來頂替我一會兒。」

「你去哪兒？」阿Ken問。

「廁所。」

「據說，迪士尼規定穿上卡通人物裝束不能喝水，不能隨便休息……」

「廢話！我們是迪士尼的員工麼？你還不過來，是不是想我加插一項跳跳虎撒尿表演？」

「來啦。」阿Ken挺起大肚子，一蹦一跳的跑過來。阿Ken的走路姿態頗為專業，將來退休後，他絕對有資格到迪士尼上班。

阿Ken上台，我下台。

扮演卡通人物的正式戲服，由內而外，共分四層，重約五十磅。不論脫下或穿上，都是大費周章。迪士尼不准扮演卡通人物的員工喝水小歇，從管理層的角度看，似乎有它的道理；然而，我是個客串的卡通人物，又只穿兩層戲服，當然不受此限。

老實說，上廁所是件頂暢快的事，愈急愈暢快。我有向明的詩為證：

寬衣解帶

把腋下的《反敗為勝》翻至折頁

好一場

正襟危坐

除舊

佈新

艾柯卡的祕笈剛一露招

腹內一陣痙攣

挾泥沙似俱下的

竟有一首

徹夜都消化未了的

現

代

詩

以上廁所入詩，向明的詩委實令人佩服，不過迪士尼員工的忍耐力更令人折服。

2

快到職員休息室了，前面不遠處有一隻高飛狗走過。

這高飛狗的走路姿態，十分難看，動作遲緩生硬，腳步拖泥帶水，專業程度連阿 Ken 都不如。他似乎累透了。這也難怪，連續站了好幾個小時，疲倦也是正常的，始終是人嘛。

起初，我以為高飛狗也想往職員休息室歇一歇，但他在門前走過沒進去，反而繞到休息室後面。我一時好奇，便跟在他身後，也繞到屋後。只見他把上身鑽進垃圾桶內，抬高屁股，尾巴擺左擺右的，像極了一隻在垃圾桶裏找骨頭的流浪狗，動作非常惹笑。

原來他想找個僻靜的地方練習，演員這口飯真不易吃。

「嗨。」我拍一下他的屁股，「努力噢！」

高飛狗神經質地跳起來，手忙腳亂地蓋好垃圾桶的蓋子，傻呼呼地看着我。

不知道是他的演技一流，還是被我嚇壞？

算了，我不打擾他練習。我向他點點頭，擺擺手，慢慢退回職員休息室去。

我一走開，他又掀起蓋子，一頭栽進垃圾桶裏去。

我淺淺一笑，轉身推開職員休息室的木門進內，再推開廁所門。正想寬衣解帶之際……咦？事有蹊蹺。高飛狗剛才的舉動，既像在垃圾桶裏找骨頭，也像往桶底擺放什麼。而且，他走得慢……除了疲累之外，可能還有別的理由，例如戲服內藏有重物。

我愈想愈覺不妥，即走出職員休息室，回到垃圾桶旁。高飛狗已不知所終。我掀起蓋子，低頭一看，呀！不得了！裏面放着一個炸彈！

炸彈的引爆器連着一個跳字鐘，跳字鐘正在倒數，距離爆炸時間尚有十五分鐘。想不到他們這次由遙控引爆改為計時引爆，幸而給我撞破，否則，炸彈爆炸後，我們仍蒙在鼓裏。

我對着通話器說：「大家注意，我找到計時炸彈，位置在接近主題公園正門的職員休息室後面。炸彈將於十五分鐘內爆炸，請拆彈組立即過來。」

M 在保安中心問：「有發現可疑人物嗎？」

「恐怖分子裝成高飛狗。」我答。

「我看見高飛狗！」說話的是阿Ken，「我立即上前逮捕他……」

「不要打草驚蛇……」我喝止。

可是，無線電已傳來阿 Ken 跟人動手的叱喝聲。

我急急奔往正門閘口，只見裝成唐老鴨的阿 Ken 把身穿棒球隊衣的高飛狗推倒地上，還騎在他身上扭打。

唐老鴨和高飛狗大打出手，吸引了大羣遊人圍觀。

「停手，阿Ken，停手！不是他！」我喝道：「目標的高飛狗身穿水手裝！」

阿 Ken 聞言，知道弄錯了，隨即着地一滾，滾到路旁，像陀螺一般打轉，轉出一種三分似霹靂舞、七分似胃抽搐的動作。他的舞姿雖然笨拙，卻也詼諧，遊人看得哈哈大笑。

穿水手裝的高飛狗跑到哪裏？他既已放下炸彈，按常理也會儘快逃離迪士尼。

我待要追出閘口，阿漆卻傳來新消息：「我看見目標，他剛走進美國小鎮大街。我正跟蹤他，希望他帶我們找到另一個目標。」

英雄所見略同。我馬上折返職員休息室，一面脫下戲服，一面問：「露絲，你看見目標嗎？」

「看見。」迪士尼每個角落都安裝了隱閉攝錄機，露絲在保安中心，自然一目了然。

這時，一隊拆彈專家趕到。我指一下屋旁的垃圾桶，他們點頭會意，馬上取出工具，圍着垃圾桶工作。

「露絲，我要一套跟他一模一樣的戲服。」我迅速脫掉跳跳虎裝束，變回特工阿 Wing 。

露絲問：「你想怎樣？」

「山人自有妙計。」我跑離職員休息室，問：「發仔，你是否仍在停車場那邊？」

「不錯。」

「請你開一輛汽車來美國小鎮大街。」

「我這裏只有巡遊用的花車。」

「花車也可以。」

「馬上來。」

我向美國小鎮大街跑去。阿Ken跳完霹靂舞，也跟在我身後。

*　　　*　　　*

排隊、奔跑是迪士尼的特色，旁人看到我狂奔，只會以為我趕着去玩機動遊戲，怎也不會想到我在追蹤恐怖分子。

我邊跑邊說：「阿漆，待會花車一到，我們合力把高飛狗擒上車去。我箍緊他，你打掉他的牙骹，以免他服毒自盡。」

「沒問題。」阿漆的語氣充滿信心。

「露絲，戲服準備了沒有？」我轉眼已跑至美國小鎮大街。不是我跑得快，而是這裏的面積實在太小。

「戲服在發仔的花車上。」露絲爽快地答道。

美國小鎮大街的街景，根據華特・迪士尼童年的生活環境設計，兩旁全是兩、三層高的維多利亞建築物，各色懷舊店舖林立。遊人或拍照留念，或選購紀念品，洋溢着假日風情；跟我們此刻步步為營、事事留神，成一強烈對比。

「我來了。」發仔駕着花車駛進睡公主城堡前的迴旋處。水手裝的高飛狗在一家糖果店前走過。

「花車一駛近高飛狗，我們立刻動手。阿Ken，你設法引開遊人的注意，不被花車和高飛狗吸引。我只需兩秒鐘。」我由快跑改為急步而行，開始貼近高飛狗。

「等一下，花車太吸引了。我沒信心引開遊人的注意。」阿 Ken 甚為苦惱。

我急道：「不能等了，再跳霹靂舞吧……」

「這事由我來辦，你們拘捕高飛狗吧。」阿漆昂然踏出大街中央，「露絲，把我下一句說話傳到燈柱上的揚聲器去。」

阿漆到底想幹什麼？

不管他打什麼主意，我完全信任他。

發仔的花車駛到高飛狗身旁。

露絲道：「阿漆，可以了。」

「太空戰士！一飛沖天！」阿漆說畢，一躍而起，飛到煤氣燈柱頂端，單足而立，威風凜凜。他的輕功雖及不上我，但要躍上燈柱倒是綽綽有餘。

「嘩！好威風啊！」

「快看，上面的巴斯光年。」

「精彩表演呀！」

遊人大感意外，紛紛駐足抬頭，拍掌的拍掌，拍照的拍照，就連高飛狗也停步觀看。

「動手！」我趁機撲向高飛狗。

阿Ken從旁遮擋。花車的暗門同時打開，我把高飛狗推進車內。裏面的特工立即捉住他，並除掉他的頭套。

是庫薩！我一拳打掉他的牙骹。下一個，該輪到阿卜道拉了！

3

三十秒鐘後，我穿上高飛狗的裝束，又在阿Ken的遮擋下，神不知鬼不覺地由花車溜回街上。

我考慮到即使逮住阿卜道拉和庫薩，也沒有把握迫使他們招出最後一個炸彈的下落。上次阿里在東涌線列車上服毒自殺，對我們是一個提醒。當人不懼怕死亡時，硬功不一定奏效。我不得不調整對付這些恐怖分子的策略。

「阿Wing。」露絲呼叫我。

「請說。」

「他們已拆掉職員休息室旁邊的炸彈。」

「謝天謝地，現在還剩下一個。」

第一個炸彈是遙控的；第二個是計時的；第三個是遙控還是計時？兩者均有可能。我不敢貿然疏散遊人，萬一炸彈是遙控的，阿卜道拉看見遊人逃生，定會立即引爆。

「阿Wing。」通話器傳來發仔的呼叫。

「請說。」

「一如你所料，庫薩口中果然藏着一枚藥物膠囊。幸虧你及時打脫他的牙骹；不然，他定會咬破膠囊自盡。」

「他有沒有透露阿卜道拉在何處？還有，為什麼他要走進美國小鎮大街？他要往哪裏去？」

「阿 Wing ，你別開玩笑了。他的牙骹被你打壞，現時有口難言哩！不過，我看這人挺硬朗的，一時三刻也難叫他招供。」

「可有其他發現？」M 插口問。

發仔回答：「我們已把庫薩脫得赤條條，好徹底搜查，但暫時毫無發現。」

「好，大家聽着。為免驚動阿卜道拉，請大家暫時遠離我。」我沿着剛才庫薩所走的方向，望睡公主城堡慢慢走去。

庫薩放好計時炸彈，竟不急於逃離迪士尼，卻走進相反方向的主題公園心臟地帶。惟一合理的解釋，是他打算跟阿卜道拉會合。

最後一個炸彈該由阿卜道拉携進主題公園。這時候，阿卜道拉大概已把炸彈安裝妥當，而計時設定也是十五分鐘內。

查出最後一個炸彈的所在，跟擒拿阿卜道拉同樣重要。所以，我假扮高飛狗裝束的庫薩，引阿卜道拉現身相見。先探明炸彈的位置，再捉拿他也不遲。

*　　　　*　　　　*

我一路前行，等候着阿卜道拉現身。他可能扮作卡通人物，可能喬裝工作人員，也可能假扮遊客，隨時會在我身旁出現。

可惜，一路上跟我接觸的，都是邀我拍照的小孩。

稚子無知，怎會想到在這個充滿歡笑聲的童話樂園，竟然暗藏殺機！

稚子無辜，要他們枉死在恐怖襲擊者手下，實在太不公道了！ 只要我還有一口氣，我決不會讓他們受到傷害！

我走走停停的，數分鐘後，來到睡公主城堡前的圓形廣場。

如果職員休息室的炸彈沒被拆掉，再過數分鐘便會爆炸。如果阿卜道拉的炸彈也是同時爆炸，換句話說，我們所剩的時間已沒多少。

我已走畢整條美國小鎮大街，怎麼阿卜道拉還不現身？難道我猜錯，庫薩根本沒約阿卜道拉見面？我開始有點兒後悔。如果第三個是計時炸彈，而我們在十五分鐘前開始疏散遊人，大部分人該可以安然逃脫。

我是否決定錯誤？

我掃視四周，此刻，我該在廣場等下去嗎？該向前走進睡公主城堡；左轉往探險世界；還是右轉往明日世界？我該怎麼辦？無線電通訊器一片死寂，大家一時也拿不出主意來。

腕錶的秒針不停地旋動。我佇立廣場，一籌莫展；整支特工隊伍因我的失誤而陷於進退失據。我的喉頭沙啞，發出一陣無奈的歎息。

「阿 Wing ，你的老朋友來了，在你後面。」通話器裏的露絲沒精打采。

誰？阿卜道拉？

我回頭一看，嘎！黃帽黃衣黃褲、黃色手推車，又是冰潔！這瘟神真是無處不在。

冰潔拿着附設照相功能的手提電話，一手扯住我，咧嘴笑道：「來，高飛狗，跟我拍一張照片，我們以睡公主城堡作背景。」

我大力甩開她，在這個危急關頭，沒心情應酬她。

她退後兩步，雙眼冒火，張開巨口喝罵：「這是什麼態度呀？迪士尼不是講求待客以禮麼？我要投訴……」突然，她的臉部綳緊，嘴巴久久不能合上，眼神由憤怒一下子變為恐懼。

冰潔懼怕什麼？我？我又沒作什麼。再看，她並不是盯着我，而是我背後的……

「阿 Wing……」露絲的聲音興奮得發抖，「阿……阿卜道拉……」

我轉身，果然是阿卜道拉！

身後的冰潔已趴躂趴躂的逃掉！看見要用導彈射她的恐怖分子，她不給嚇破膽才怪。

M下令道：「各單位注意，暫時按兵不動，等候阿Wing的指示。我重複，各單位先按兵不動！」

「我的戰友。」阿卜道拉走過來，搭着我的肩膀，「庫薩，你應該脫去這身戲服。剛才我扮成小熊維尼，簡直是人生一大恥辱，想起也作嘔。若非為了成就大事，我寧死也不穿美國人設計的戲服。」

我戴着頭套，不便交談，惟有不住點頭，以示贊同。不說話有不說話的好處，我一開腔，阿卜道拉必定聽出不是庫薩的聲音。

對於身旁的我，阿卜道拉沒絲毫懷疑。他繼續侃侃而談：「我的戰友，你知道嗎？我此刻戰意昂揚，無上光榮即將臨到。我覺得自己像戰場上的大衛，快要將巨人歌利亞擊倒。這個地方，象徵美國的帝國主義、霸權主義；這裏的人，全是享樂主義、物慾主義的追隨者。我們發動聖戰，將這塊地和這些人一併殲滅，替天行道。時間一到，他們下地獄，我們上天堂，嘿嘿！」

我繼續點頭，心裏卻是齒冷。這種靠殺人才可進入的「血腥天堂」，我不會去。

看着他這副有恃無恐、視死如歸的樣子，我感到他已完全豁出去了。恐怖分子其中一個恐怖之處，是視戰死為進入天堂的途徑。咦？依他這個說法，難道炸彈在他身上？他準備作自殺式襲擊？

我靠近他，友善的拍拍他的肩膊，摸摸他的腰，趁勢檢查一下；他身上不似繫着爆炸品。

阿卜道拉看看腕錶，躊躇滿志地說：「時間差不多了。戰友，你的炸彈在正門附近先爆，那些貪生怕死的罪人自然湧向這邊逃生。嘿嘿，在我精心設計下，這邊其實也是通往滅亡之路哩！」

他的意思是，另一個炸彈就在這裏。究竟在哪裏？我幾乎衝口而出要問他。

阿卜道拉轉睛凝視迪士尼正門，眼神滿是邪惡和怨毒，他開始倒數：「5——4——3——2——1！」

一切如常，人來人往，喜氣洋洋，歡樂聲滔滔。

「怎會這樣的？」阿卜道拉大為驚愕。

我搖搖頭，攤開雙手，示意不知道。

阿卜道拉沉吟道：「若不是計時器出了毛病，就是引爆器的線路版失靈。我在裝嵌時，已察覺這兩份零件不太穩定，只可惜沒有後備配件。」

我指着阿卜道拉。

「我那個炸彈？」阿卜道拉捋一把鬍子，「我的炸彈應該沒問題。我安放它時順便檢查過，一切操作正常。你那個炸彈的殺傷力較小，不爆開來也不打緊，還有我那個大的。戰友，來吧，我們手牽手，一同領受無上的光榮吧！」說時，他不自覺地回望睡公主城堡的塔尖。

剛才，我背着城堡，冰潔面對城堡，阿卜道拉在我背後出現。那即是說，他從城堡出來，炸彈在……

「炸彈在睡公主城堡裏！炸彈在睡公主城堡裏！」我大叫。

4

圓形廣場上，特工和拆彈專家假扮的遊人、迪士尼員工、卡通人物，起碼有四十人，他們紛紛取出大小電子探測器，以最快的速度衝進睡公主城堡。其後，還有六人拖着六隻偵測犬趕至。

「露絲，快查看睡公主城堡的保安錄影。」我道。

「你是……」阿卜道拉既驚且怒。

他揮動拳頭，似要跟我拚命。

「蓬——」我一記快拳勾中他的下巴，以防他服毒自殺。他應聲而倒，他的假牙也應聲飛脫。

我卸下頭套，用拇指擦着鼻頭，道：「我是特工阿Wing。」

卸下卡通人物服裝的阿Ken和阿添趕過來，銬起阿卜道拉。

我們一同注視睡公主城堡，來到這個關頭，就得看城堡裏特工的本事了。

阿卜道拉怒瞪着我，似在說，他還未敗下，我還未勝出。的確，勝負未分，危機未除。我們不能輸，城堡裏的同事，加油啊！

時間一秒一秒的流逝，雖然只是過了幾十秒，但每一秒都異常難熬，因為炸彈可能在下一秒爆炸。

「我的……炸彈……放在一處……隱密的……地方，你們……沒可能……找到。」阿卜道拉咿咿哦哦的說。

我們還未找到炸彈，他顯得洋洋得意。

「可惡！」阿Ken揪住阿卜道拉的衣領，「炸彈在哪裏？」

「呵……」阿卜道拉要大笑——

通話器傳來露絲的聲音：「在頂層。保安錄影顯示他剛從頂層下來。」

「大家集中搜查頂層。快！」我對着通話器喊叫。

阿卜道拉聞言，為之一怔，迅即冷笑一聲，說：「我的炸彈……設計精良，你們……不易拆除，而且時間……所餘無幾，你們……不夠時間……拆除……」

「啪——」阿Ken狠狠摑他一記耳光，把他摑得金星直冒，一跤倒地。

打阿卜道拉只能消氣、發泄不滿，對解除危機於事無補。他所言非虛，我們實在時間無多。

難道，我們拿他沒辦法？天呀！我們不能輸掉！

我們若然輸了，這世界還有公義、真理嗎？上帝呀！不能容讓恐怖分子的殺人計劃得逞啊！

「找到啦！」睡公主城堡裏有人高聲喊道。

我緊張地問：「是不是找到炸彈？有人可以證實嗎？」

無人回覆，通話器再度寂靜。

我雙手緊握着拳頭；阿Ken欲揮向阿卜道拉的拳頭停在半空；阿添咬住自己的拳頭。

是或不是，好歹總得交代一聲。你們跑到哪裏去了？

終於——

「證實找到炸彈，並已經成功拆除。」有人報告，「我重複，炸彈已拆除，危機解除。」

「Yeah！」我和阿 Ken 、阿漆興奮得擁在一起，又跳又笑，猶如足球員慶祝完場前最後一分鐘的入球。

阿卜道拉趴在地上，雖然聽不到我們的通話，但鑑貌辨色，他也猜到結果，不禁頹然。

我重重舒一口氣，情緒一鬆弛下來，我的肚子……哎呀，不好了！

「喂，阿 Wing ，你這麼匆忙往哪裏去呢？」阿 Ken 問。

「我還未上廁所哩！」

* * *

「砰……」

可喜地，爆炸的只是煙花。

火彈連珠炮發，一枚緊接一枚的衝破夜幕，在睡公主城堡的上空束起一個個花蕾，綻開一朵朵的艷花。

金光耀目，閃閃生輝，歡呼聲此起彼落，煙花是迪士尼每天謝幕前最後的高潮。

花開花謝，煙花開也璀璨，謝也轟烈。轉瞬間的絢麗過去，光輝消逝，只餘一點點明滅不定的星火，黯然墜落於無人在意的角落，以及縷縷白煙挾着濃烈的火燎氣味，留給環保團體監測。

也許，幾秒鐘的剎那燦爛，會留在人們的記憶裏、印在3R照片之上、貼在電腦桌面之上；然而，記憶會淡忘、照片會泛黃、電腦桌面會更新。

一年過去、兩年過去、三年過去……

時間一久，可有人看重某年某月某日某時某刻在迪士尼上空閃過的一朵煙花？

人生匆匆，營營役役，每天的人和事紛至沓來，宛如過眼雲煙，能捕捉到的、留得住的，能有多少？

風在吹，人在笑。

煙花在星光跟前閃爍，星星在煙花背後照耀。煙花盛放，星光暗淡；煙花殞滅，星光再現。煙花贏盡喝采，這才值回票價；星光平平無奇，被視為可有可無。

假若有一晚，你在清朗的夜空，看不見星星，你將有何反應？照常吃喝唱k打機上網看電視？還是認真想想，是誰把星星安放在浩瀚的宇宙？誰令它們展露光芒？誰把它們摘去？

　　我明白，能令你信服的答案不會很多，因為我也在尋找答案。自從失去我的星星，我便開始尋找。

　　不待最後的一朵煙花開盡，我選擇離去，驀然回首，只見一雙男女在煙花和星光下默然輕吻對方。

　　阿漆和露絲找到自己的星星了。

Q版特工系列，長期穩佔暢銷書榜，屢入好書行列！

榮獲
香港教育城 2010
「十本好讀」獎項

榮獲
香港教育城 2009
「十本好讀」獎項

榮獲
香港教育城 2008
「十本好讀」獎項

榮獲
香港教育城 2007
「十本好讀」獎項

榮獲
「金書獎」最高銷量
（非神學及研經類）

榮獲
香港教育城 2006
「十本好讀」獎項

入選
香港書展 2006
「名家推介」

榮獲
香港教育城 2006
「十本好讀」獎項

榮獲
第四屆全國
偵探小說大賽
「最佳懸疑獎」

榮獲
香港教育城 2005
「十本好讀」獎項

榮獲
香港教育城 2005
「十本好讀」獎項

榮獲
香港教育城 2004
「十本好讀」獎項

榮獲 03-04
「中學生好書龍虎榜」
十本好書

榮獲香港教育城 2003
「十本好讀」獎項

榮獲 03-04
「書叢榜」
十本好書

榮獲 99-00
「中學生好書龍虎榜」
十本好書

榮獲
香港教育城 2003
「十本好讀」獎項

一本接續一本，無法「抗睇」的誘惑！

《極度任務》•《挪亞方舟》•《百慕達三角》•《複製殺手》•《從陰間來的 E-mail》•《太空殺人真菌》•《魔法陷阱》•《前傳：誤闖間諜網》•《北韓危機》•《奪命潛航》•《再見真生》•《諜變密令》•《鴉殺》•《反恐狙擊 912》•《M 殺令》•《迷城毒蹤》•《幽靈直線》•《不是任務》•《叛逃》•《千面殺機》•《葬祕》•《暗幕》•《地焰劫》•《幻見》•《藏香》•《富仇記》

感謝您選了這本書，閱讀以後，
您有沒有一些啟發，一些感想？我們期望您的聲音。
請登上 **www.btproduct.com/book**，
在「讀者回應卡」頁面內填寫。謝謝。

飛翔專號系列・Q 版特工 X 嘉薰醫生

榮獲 香港教育城 2008
「十本好讀」獎項

《生死 X 緣》　梁科慶　陳嘉薰

劇毒「物質 X」，叫阿 Wing 英雄末路，
嘉薰醫生急要治好活友人；
更翻出善良男人與惡毒女人的一段情！
「死人」復生 —— 金大芝再現！
X 是情、是怨？終須以血來償！

《隱市狂徒》　梁科慶　陳嘉薰

狂徒連連在旺角高空擲物，死傷無數；
嗜血鏹水彈下，全城恐慌。
嘉薰取不到指紋半個，阿 Wing 給耍至
暈頭轉向，
這俠義夢幻組合，如何從盲女口供疑點，
窮追猛打，伏妖降魔？……

榮獲 香港教育城 2010
「十本好讀」獎項